Teoría del alma china

Carlos A. Aguilera

Teoría del alma china

[versión definitiva]

ISBN 978-94-91515-67-5

...en una verdadera tragedia
no es el héroe quien muere sino el coro.

J. Brodsky

Teoría del Alma China (I)

En China las carreteras son de fango. El fango es rojo y cuando se solidifica parece una escultura de barro plana. En la periferia de Beijing hay una zona donde el fango es gris. A ese lugar lo nombran «vasija redonda de esmalte».

Las carreteras son largas. Aunque también podría decirse empinadas, estrechas.

Hay dos vías: a la izquierda peatones, con una separación invisible que todos intuyen. A la derecha, camiones largos fabricados en la república. Si alguna persona con un auto (por ejemplo, un oldmosbile 1975) desea viajar por esas carreteras, está obligado a sacar permiso federal una semana antes. De lo contrario será detenido, multado y conducido a la *police office* de distrito. Allí, se le congelará el permiso de conducción por varios meses.

Las carreteras chinas son muy complejas. Hay carreteras de meseta y carreteras de montaña. Los primeros tres días después de salir de Beijing estuvimos en carreteras de montaña. Estas carreteras hacen difícil la existencia. No sólo por su constancia vertical sino por la llovizna, la bruma y lo interminable que resultan.

Claro, para un chino todo es más fácil. En occidente hay un proverbio, según Michaux, que dice: sólo un chino puede dibujar una línea en el horizonte. Después de subir durante tres días la carretera Beijing-Afueras de Beijing no me cansaba de repetir este proverbio.

Por carreteras de montaña el viaje es más corto.

Si para salir de Beijing necesitamos tres días en montaña, por carreteras de meseta, a veces más empinadas y curvas, necesitaríamos cinco. La única diferencia es que las carreteras de meseta están asfaltadas.

Una carretera de montaña conduce a dos o tres carreteras de meseta. Una que por lo general corre hacia delante, en busca de algún pueblo o museo; otra que corre hacia atrás, hacia una planicie o pedazo de muralla; otra que bifurca la primera y se pierde en x dirección.

Según Gran Mongol, chofer concedido por el Ministerio de cultura de la república, esas carreteras que se cortan después de pasar por alguna ciudadela se vuelven a integrar a la arteria principal de meseta, formando una serpiente con anillos grandes y pequeños a través de todo el territorio.

El gran problema de las carreteras de montaña es el fango. Cuando llueve convierten el camino en algo imposible. Cuando no, debido a que la tierra es más fina que cualquier reserva que conozcamos en occidente, se hace resbaladiza y tanto a personas como a autos les resulta imposible avanzar.

Un día de mucho sol vimos una hilera de diez camiones chocados que patinaban constantemente sin poder hacer otra cosa que intentar apoyarse en algo.

En carreteras de montañas hay piedras. No piedras pequeñas o de descanso. Grandes piedras. Piedras del tamaño de una casa que sólo escalándolas podría un *occidentalis* subirlas.

En esos lugares para deleite de viajeros existe el chino-mono. Un hombre que sólo con sus manos y sin apoyar los pies trepa las piedras de montaña. Cuando llega arriba salta como si la hazaña no fuera a repetirse nunca más.

Estas piedras dan más belleza al paisaje. Lo hacen ríspido, y cuando se observan de cerca huelen a plomo, mierda de vaca y plomo. A distancia, estas piedras parecen cartón.

Si en occidente el paisaje implica verde: extensiones de hierba con ríos, lagunas, montañas, etc., en China no. En China el paisaje es mental. Las piedras se convierten en cerebritos que observan y los ojos no pueden descansar un minuto, vigilan.

Cierta vez, andando de Shexuon a Huangcheihuan vimos cómo varias personas se abofeteaban entre ellas, intentaban estrangularse, y uno corría hacia el borde de montaña (precipicio) abría los brazos y se tiraba. Por lo que se sabe este tipo de suicidio es muy frecuente en la república, lo llaman «movimiento descoyuntado hacia el sueño».

En carreteras de montañas hay puestos de frituritas. Estos puestos están atendidos por personas que visten trajes típicos de región y cantan en voz baja mientras los comensales meten los dedos en salsa agridulce y lo llevan a la boca.

Los puestos son pequeños. Ofrecen espacio sólo para dos personas y una plancha de metal mediana con trocitos rectangulares de carbón. Cuando el vendedor atiende, la mujer se agacha junto a una banqueta de madera y contempla. Más tarde, corre a ofrecer *xixém* y palillos color nácar. Estos palillos, dijeron antes de retirarse, significan *good luck* y lo regalan a todos los que los visitan.

De ahí que estos puestos sean reconocidos y se repitan uno a uno en toda la república.

Por la noche, se iluminan con bombillas de diferentes colores.

GRAN MONGOL

Gran Mongol es pequeño: 1.62 aproximadamente, de ojos rasgados, amarillo, con grasa. Su chaqueta beige y su manera de caminar lo hacen parecer un hombrecito de Ozu. Tiene más o menos cincuenta y dos años.

En carreteras de montaña evita muy bien la presencia de camiones y adelanta a precaución. Cuando se refiere a ellos dice: el enemigo, cerrando fuertemente la mano. En carreteras de meseta maneja a gran velocidad, impulsándose o atrasándose según se necesite para tirar fotos.

Algunas noches cuando nos detenemos en algún hotel Gran Mongol canta. Va hasta el karaoke, en cantonés «caja de repetición», e interpreta canciones empalagosas: «New York, New York» a la manera de Frank Sinatra o baladas pop chinas (como ni Maki ni yo entendemos, preferimos mirar el decorado o salir a conversar por el pueblo[1]).

Cada entrada de Gran Mongol en una Caja de repetición puede durar dos o tres horas. Se sientan todos alrededor de una mesa y hablan en voz baja. Si alguien hace un chiste sonríen con una carcajada única, que explota de pronto y se detiene. Todo lo contrario a occidente: risa dilatada.

Cuando alguien se decide a cantar callan. Observan con los ojos muy abiertos hacia el set y aplauden. Después, invitan al *singer* a la mesa, lo hacen tomar «cola de dragón» y masticar «oruguitas del cielo». Le preguntan por la familia y lo presentan al resto de los comensales con una reverencia de cabeza. Más tarde todos se despiden.

Como Gran Mongol sabe canciones en inglés los aplausos se redoblan y lo obligan continuamente a volver a cantar.

---

[1]   Por cuestiones de mala-ideación-del-relato, Maki habla poco o habla nunca en *Teoría del alma china*. No supe cómo escriturarla, ni cómo elaborar situaciones donde apareciera ella ante los demás. Por lo tanto, no debe pensarse que nuestro recorrido fuera siempre así: «un mar de paz y calma». Aparte de sonrisitas y lugares fotografiables, hubo entre nosotros peleas, odios y fracturas de brazos. Así que si no aparece o aparece poco fue por razones de síntesis o «mala ideación del relato», nunca por venganza/dejadez. Un viaje, por muy detallado que sea, es también un hecho de ficción.

Si los aplausos no han sido suficientes Gran Mongol maneja como si las carreteras de fango fueran pista dura. Acelera hasta el delirio y frena de pronto, da golpes contra el timón, patea...

Si los aplausos han sido suficientes maneja de buen humor, se acopla a la velocidad necesaria para manipular la cámara polaroid y pide permiso para encender la radio.

En esos días es de gran ayuda. Habla poco y escoge lugares que según dice son pura fotografía. Cuando replico, contesta: los occidentales no conocen la pincelada única...

Sus modales son lentos.

Cajas de repetición

En China, al contrario de occidente, las Cajas de repetición (*huanxhipó*) son pequeñas. Sólo cuatro o cincos mesas y un televisor grande. El que canta se coloca en medio y es aplaudido cuando finaliza. Nadie que no sea occidental ríe.

Las personas que atienden en las Cajas de repetición son jóvenes: muchachas de quince a veinte y cinco años vestidas con sayas cortas de cuadros rojos y blusas blancas. Ninguna lleva cadenas ni pulsos, sólo un tatuaje en el extremo superior del brazo derecho. Para llamarlas hay que decirles miss y chasquear los dedos. Todas piensan por alguna razón que uno habla inglés y enseguida corren a practicarlo. Cuando se dan cuenta que el cliente no es norteamericano sonríen.

En las Cajas de repetición no se venden bebidas alcohólicas. Se vende *xixém* como en los puestos de frituritas, y té de las diferentes regiones del país.

Hay un té llamado «cola de dragón», otro «aguas del yangtsé», otro «paseo de primavera».

El «cola de dragón» se toma con aceite. Se prepara con *buanxhi* (azúcar de remolacha) a gusto y según las instrucciones es recomendable para dolores de reuma. Se hace con flores de la región de Huangcheihuan.

El «aguas del yangtsé» se toma frío. Es color granate y lo sirven en pozuelos de porcelana con ojetes transparentes. Si alguien levanta esos pozuelos verá cómo los ojetes cambian y toman el color de la luz que los ilumina. Este té es oriundo de Jiayúm, China central.

El «paseo de primavera» es blanco. Se hace moliendo tallos de guin, arbusto que crece en Xonjhia, y se fermenta con canela, jengibre y pétalos de flores. Se consume en toda la república y en algunos lugares le agregan polvo de maní, cosa que le matiza el sabor. Por su espesor, y la lentitud con que hay que tomarlo, le llaman «té de diálogo».

En las Cajas de repetición no hay adornos.

Sus paredes están forradas con tafetán oscuro, parecido al que usan los plomeros para envolver sus herramientas, y las luces penden dentro de bombillas artesanales que se reemplazan a propósito de la estación: rojas para el invierno, verde para el otoño, blanco para la primavera, azul para el verano.

A fin de año, estas Cajas son convertidas en Salitas de arroz. Las mujeres se adornan con trajes tradicionales que varían según las etnias y sirven de mesa en mesa pequeños platos con ingredientes a medio hacer. Después se colocan en fila y hacen un ritual de bienvenida por año nuevo.

Ese día está «prohibido» acostarse temprano.

BOMBILLAS

En la república las bombillas son de papel.

Si en occidente las luces son disimuladas bajo objetos mutantes, en China no hay variaciones. Los artesanos fabrican bombillas de papel: de arroz, cebolla o hilaza de árbol, y lo único que cambia es el ideograma o el dibujo.

Para un chino la perfección no consiste en inventar cosas nuevas constantemente, sino en llegar al grado último de sutileza en la repetición de lo mismo. De ahí que desde hace milenios vengan practicando este arte.

Las bombillas pueden ser cuadradas, redondas, rectangulares. Con pliegues cuando están destinadas al recibidor de una casa o lisas cuando van a colgar en el salón de un hotel.

Algunas poseen paisajes: un pájaro sobre una rama, una piedra, un puente, una escena de cacería...

Otras, ideogramas con mensajes de aliento.

El interior de estas bombillas es muy sencillo: una armazón de madera con palillos cuadrados y pegamento especial para unir cada palillo a la ranura más próxima del otro. Después de dos días al aire libre, esta armazón es empapelada y vendida.

Ahora, este arte con el éxito se ha banalizado. Por ejemplo, en un gogó de Jiayúm vimos bombillas de papel grandes, cerca de un metro, con representaciones masoeróticas: un chino con un látigo golpea a otro mientras una mujer le pasa la lengua por las heridas y otra con un falo manipulable lo encula.

Pero, por lo general, las bombillas son pequeñas y se fabrican con mensajes de tradición: Suerte en la vida futura o Una persona que no confía en su familia no podrá confiar jamás en sí misma.

Desde principios de los años sesenta estas bombillas se exportan.

Las carreteras de meseta son amplias. Atraviesan de una provincia a otra el país y facilitan viajes y transporte de mercancías. No hay pueblo o ciudad que no dependa de las carreteras. Si hay que hacer alguna compra, se sale y se va a uno de los locales construídos en ellas. Si hay que distraerse, igual. Las carreteras son tuberías de impulso. Por ellas se conduce a alta velocidad y sólo se frena si hambre o aburrimiento aparecen.

Único problema, alargan los viajes.

Si una carretera de montaña reduce la distancia de un lugar a otro, una carretera de asfalto da vueltas alrededor del obstáculo hasta engancharse a otra salida y ofrecer continuación.

No hay en la república carretera de meseta que se sostenga en línea recta durante ochenta kilómetros. Siempre una elevación o un precipicio, un desvío o un descenso.

Esto ha convertido a China en un caos, donde el constante flujo de autos y personas semejan gusanos que corren por el ojo podrido de un animal.

En carreteras de meseta el tiempo no pasa.

Son tan largos los viajes que al lado de hoteles, cafeterías, garajes, *roadmovies*, templos budistas, han proliferado cabinitas verdes para disminuir la tensión.

El viajante entra en esas cabinas: aproximadamente cinco, una al lado de otra, y rompe con una pelota maciza objetos que se fragmentan y producen un ruido semejante al cristal: vasijas, tazas, espejos, retratos, etc.

Se dice que ese sonido relaja mucho más que una o dos horas de sueño, y parece que sí. Después de haber andado cinco días por carreteras de meseta y tres por carreteras de montaña, reímos nuevamente y hablamos de las posibilidades que ofrece una sociedad de contraste para un fotógrafo interesado en «el ritual político de los objetos» y «zonas de devastación por cercanía de ciudad».

Las carreteras de meseta tienen curvas muy peligrosas.

En una de ellas (Zhuixin-Luanpong) observamos unos de los choques más comentados de la república: dos camiones Fiat uno frente al otro, ocho muertos, cancelación de vía por seis horas.

Según las autoridades los cuerpos de los tripulantes quedaron guillotinados repetidas veces y de los dos niños que iban en los Fiat sólo encontraron una pierna y pedazos del cuerpo.

En esta región (Curva sur de Luanpong) el paisaje es muy árido. Grandes extensiones de tierra hacia un lugar y otro, árboles quemados, peste.

En otros lugares no.

En otros lugares se ve un pueblo a lo lejos o campesinos entre cuartones de arroz o montañas o restos de la gran muralla Chu. Pero en esta zona: manchas de sangre y choques continuos, huesos.

El paisaje más hermoso que observamos en carreteras de meseta es el de una cafetería: mitad modelo americano, mitad restaurante tradicional, rodeada de vacas y un pasto extenso con canoas alrededor para echar agua.

Según dijeron, el dueño de la cafetería es el dueño de las vacas, y todas las mañanas las pone a pastar detrás de su negocio hasta la noche, hora en que las recoge e introduce en una caseta.

Y es que en la república los animales están muy controlados.

Los dueños de vacas, por lo general dueños de negocios, contratan la fuerza-pública-de-región (*huanzzó*) para evitar el tráfico ilegal y la matanza indiscriminada de animales. Esto ha convertido a los *huanzzó* en una maquinaria eficiente de orden, con permiso a desplazarse libremente por la zona e inspeccionar sin exclusión todos los pueblos. Sólo en el tramo Huangcheihuan-Juyongtai nos registraron diez veces.

Cuando un extranjero llega a un pueblo lo más natural es que le intenten vender pequeñas tallas de Buddha o representaciones en imitación marfil de la diosa Zhao Tá con los brazos levantados regando lluvia de campo.

Para realizar esta venta colocan mesas en las puertas de sus casas y toldos ocres con inscripciones en inglés, prenden sándalo, se mueven de un lugar a otro e invitan al cliente a fijarse en «la armonía que posee el rostro de Buddha, Zhao Tá o Mo Lao Zhu». Si el cliente se decide sólo tendrá que estirar el brazo y decir é, con la boca semicerrada, enseguida guardarán en una cajita la representación e inclinando la cabeza la entregarán.

Una talla de Buddha lo más que puede costar son setenta centavos dólar.

FUMADEROS DE OPIO

Los fumaderos de opio están prohibidos en la república.

Un decreto emitido a finales de los años sesenta clausuró legalmente todos los fumaderos y redujo a perversión el opio y todo lo que había generado como cultura, encarcelando durante veinte años a los emperadores este-oeste y prohibiendo cualquier referencia o mención pública sobre los mismos.

Si un *occidentalis* quisiese visitar ahora los fumaderos tendría que hacer un «descenso a los infiernos». Primero, por la escasez y el miedo que genera la represión estatal. Segundo, por el control de los actuales *wangxhi* y la lejanía de los lugares donde están insertados.

No hay en toda China más de doce fumaderos, disimulados en antiguas casas de campo o en ciudadelas abandonadas de la periferia. Sin embargo, se llenan tiempo completo y sólo se vacían cuando el opio termina o el tiempo por una razón u otra impide el viaje hasta esos lugares.

Lo primero que sirven en los fumaderos son las pipas: largas y con una chapilla de bronce que reproduce nombre y año de confección: El sol sobre Jiayúm, 1912.

Lo segundo, el opio.

A diferencia de lo que cree occidente hay varias clases de opio, aunque los fumaderos del oeste se especializan en tres:

Opio gris (o la sonrisa del pájaro)

Opio verde vejiga (o aliento de dragón)

Opio rojo cieno (o estrellas detrás de las montañas)

El opio gris es el que despierta las sensaciones y calma dolores físicos. Produce sueño, bienestar, alivio... En estado de no refinamiento es soluble en agua.

El verde vejiga produce alucinaciones, excitación. Se consume para un mejor desempeño sexual y aparte de fumarse se mastica.

El rojo cieno es el opio de la intensidad. Hace entrar al individuo en lucidez y es el que con más frecuencia consumen los estudiantes, en forma de cigarrillos o mezclado con tabaco antes de las pruebas.

Según Wei, dependiente de El sol sobre Jiayúm, se entra en la corriente del opio cuando se fuman las tres pipas y uno puede detenerse a observar «las ondas que produce el toro en el gran lago».

Los rostros de las personas que frecuentemente acuden a los fumaderos son impresionantes: chupados como hollejos y sin dientes, encía ennegrecida, mentón caído, pálidos; con una pipa todo el tiempo en la boca y hablando-caminando solos, como si hubieran abierto un engrama complejo y difícil de destapar.

A estas personas las llaman *gután*, y significa «el que da vueltas alrededor de su cabeza».

A los fumaderos también asisten mujeres, aunque con ellas sucede algo curioso: se les suministra gratis el opio con la obligación de subir tiempo después a un estrado y narrar lo que observan. Así, cuando nosotros estábamos ya consumiendo el opio de la excitación, una mujer aseguró ver un caballo que daba vueltas alrededor de un árbol que en vez de frutos paría ratones. La imagen de un ratón (o una rata) colgada de una rama me dejó pensando y empecé a olisquear ratones por todas partes: ratones grúas y ratones martillos, ratones hachas y ratones bocas, que mordían y se abalanzaban sobre mí enseñando los dientes. Uno de ellos dijo: «Yo estoy por encima del concepto ratón», e intentó cortarme el brazo.

Una de las particularidades de los fumaderos son sus pantallas, rectangulares y blancas. Cuando las mujeres terminan de hablar, transmiten cintas pornos o cintas amateurs de niñas contando experiencias sexuales. Según parece este tipo de «documento» es lo que más gusta. No aparecen escenas de violencia, ni personajes en determinada posición, sólo una niña, *close up* o plano general, refiriendo cómo hizo sexo con más cual o tal persona. Eso sí, estos relatos están llenos de pequeños detalles.

Cuando no se proyecta película la atmósfera en los fumaderos es apacible, con una musiquita ligera que ayuda a metabolizar el opio y una neblina donde las cosas –cabezas y pipas incluidas– parecen flotar.

Meses después, cuando ya nos habíamos instalado de nuevo en occidente, recibimos una carta de Gran Mongol explicando el desmantelamiento de algunos fumaderos, y fotos con imágenes de arrestos y lugares detectados. En una de estas imágenes se ve a una persona mientras un policía le agarra las manos y otro lo apalea con un pie sobre la cabeza.

A esta operación los periódicos la llamaron «mover los muebles de lugar sin quitar el polvo de encima».

CONTORSIONISMO

En China el contorsionismo es tradición. Se aprende de familia en familia y se practica en circos improvisados o a orillas de carreteras. A veces una mujer, a veces una mujer y un hombre, a veces dos hombres.

La que más nos impresionó fue la que después apodamos la mujer de Zhinku. Se descoyuntaba muy despacio y había en sus movimientos algo más que el placer técnico de mover hacia un lado u otro los pies. Lo hacía con tanta calma que apenas te dabas cuenta, como un muelle que es doblado sobre sí mismo a presión.

Uno de sus números ocurría encima de una vaca. Cuando adquiría la posición más extraña, la vaca giraba alrededor del público y dejaba ver diferentes ángulos a exposiciones diferentes de luz. Cuando no, la vaca se mantenía inmóvil y sólo azotaba su rabo produciendo un chasquido sordo. La rigidez de la mujer y el vaivén sonoro del rabo constituían en su pequeño set otro espectáculo.

Lo increíble de esta contorsionista es que cuando realizaba sus actos no movía los ojos. La concentración era tal que podía estar horas en ese estado sin observar hacia ninguna parte. Al terminar, deshacía su nudo y se incorporaba lentamente moviendo sus brazos, con flexiones de hombros-codos e inclinando desmesuradamente las piernas hasta quedar de pie.

Cierta vez que la recogimos (tramo Zhinku-Befendong) dijo: El contorsionismo es el arte de hablar sin que los demás nos oigan.

GARRAPATAS DE ALGODÓN

La garrapata de algodón es pequeña, ocre. Sus colonias están organizadas en estados y es una de las poblaciones más temidas del oeste-sur-centro de China.

Según se sabe, una plaga de garrapatas puede devorar en pocas horas cantones enteros de algodón.

Lo interesante de este insecto es que no sólo destruye la planta, sino que ahueca y empobrece la tierra, cosa que no pasa con la langosta o el trips. Cuando una colonia se asienta en un campo, debido a la serie de venenos e insecticidas que se utilizan para su desaparición, la tierra se cuartea (*funxawhi*) y se arenifica, convirtiendo campos intensamente productivos en predesiertos.

Como la garrapata de algodón es un animal tan pequeño (dos centímetros a lo sumo) sus poblaciones son numerosas y su tiempo de acción rápido. Los machos por el día se dedican a devorar algodón, mordisquear hojas y triturar tallos; las hembras, a construir garrapateras.

Cuando exterminan un campo completo de garrapatas, los campesinos las recogen con palas y reúnen en cuatro o cinco montañas tamaño *suizhé* (caseta de herramientas). Después, riegan terreno y montañas con petróleo y lo prenden. No hay movimiento más hermoso que el de las hembras corriendo por el suelo para no quemarse y el del fuego sobre la tierra achicharrándolas.

De esta quema sólo algunas se salvan. Los niños las atrapan, cortan a la mitad y en una plancha de metal las fríen; más tarde las mastican como aperitivos.

La garrapata de algodón en condiciones favorables alcanza hasta cuatro meses de vida.

Los museos de guerra son teatricos de marionetas. Han sido ensamblados con fotografías blanco-negro de grandes dimensiones y con un pie de foto donde se identifica héroe, ciudad natal, fechas. Estos paneles con imágenes de hombres muertos, sin ojos o torturados, son conocidos en la región como hijos del pueblo.

Detrás de los museos hay pequeños cementerios. Una bóveda de piedra con ventanas de cristal y cajitas con polvo dentro. Delante de la bóveda, bancos de piedra para que familia y amigos se sienten.

Como los museos son lugares tensos, los músicos de la república «incitados» por el estado componen piezas solemnes para ayudar a crear clima y ofrecerle a estos lugares el *pathos* que de otro modo no poseerían.

Así, cuando recorríamos el Fonxhuá con un grupo de lituanos, vimos varias mujeres espantadas ante la fuerza de aquellas fotos y la música que como martillo les rajaba la cabeza.

La nota cómica la puso Lola, una grulla blanca[2], símbolo del museo y mascota del camarada Chung —secretario de finanzas de la república—: se dedicó a perseguir a las lituanas y picotear los paneles donde los hijos del pueblo son reverenciados día a día por los visitantes. Cuando nos alejamos, vimos cómo aquellos rostros con huecos en los ojos y manchas de sangre en la boca más que héroes parecían muñecos agujereados por el horror.

Como la lógica de los museos es imponer naturalidad, una de sus estrategias son los muestrarios de objetos: botas con fango/saliva, pedazos de reloj con restos de cráneo, chapillas con marcas de balas, orinales manchados, etcétera...

---

[2] Llamada así por la coloración que adquieren sus plumas y patas al volar.

Esto ha convertido al Fonxhuá en uno de los más concurridos. Allí se encuentran en vitrina las manos del general Wong, genio militar de las guerrillas. Según el folleto: *Treasures of Fonxhuá Museum*, este general fue apresado por un comando de infantería y una de sus torturas consistió en cortarle poco a poco las manos hasta que se desangrara. Posteriormente fueron entregadas al frente maoísta y exhibidas como fetiche ideológico «para el advenimiento de las nuevas generaciones».

Cuando se las ve de cerca, cada mano posee número de inventario e ideograma de identificación.

Sin embargo, a pesar de su relación con la muerte los museos son excelentes lugares de descanso. Sirven para escapar del tedio que engendran los días en carreteras, y poseen pequeños locales donde venden banderitas con lemas de la república y sombrillas con pliegues para el sol.

Unica cosa desagradable: prohibido tirar fotos.

AUTOPISTAS

Las autopistas del oeste son célebres. Se alargan como lombrices por la periferia y conectan pueblos entre sí formando pasillos de movimiento en todas direcciones.

Lo mejor de estas autopistas es que no agotan. Han sido diseñadas con grandes rampas en los laterales y miradores sombreados para observar las ciudades más cercanas.

Así, Huangcheihuan puede ser vista en relación al lago Yantzú, o a los puentes que cruzan los diferentes codos de ríos y subdividen la ciudad en dos islas. Una al sur: ciudad vieja, con tiendecitas de anticuario y vida bohemia sin parangón en la república; otra al nordeste: ciudad nueva, con los emporios económicos de mayor peso y las cárceles más tecnocráticas de toda China.

Lo curioso de estas autopistas es que atraviesan la ciudad con gran armonía, por encima de los edificios más altos o las casas estilo trailer visibles en casi toda la república. Y esto lo hacen sin romper la arquitectura, agrietar el paisaje o convertir la ciudad en una mole de hierro y quincallería volante.

Una mañana, caminando por Huangcheihuan, tuvimos la impresión de que encarnábamos personajes de algún documental del medioeste norteamericano.

Otra de las atracciones de las autopistas son sus templos. Pintados de verde con una recámara estrecha y un Buddha de cartón de medio metro de altura.

Como los viajes de una provincia a otra se alargan durante días, los monjes de la república llevan estos templos prefabricados por todas las carreteras, enganchados a un camión que ellos mismos conducen, y en ciertos tramos los abren. No resulta difícil ver entonces una pequeña cola delante del templo, una-dos personas orando, o una familia en silencio.

A esta modalidad de camiones con templos detrás y un Buddha enano pintado de blanco, lo llaman: budismo de carretera.

La diferencia entre este budismo y el que se practica en templos tradicionales radica en la manera en que se toca el tamborcillo de ritual (*ko'on*). Mucho más ligero y sin intermitencias, con varios golpes que se repiten invariablemente mientras las personas se encuentran en reposo. Esta musiquita permanece hasta que el usuario despierta o levanta, y no para de golpe, sino que se lentifica y desaparece a los segundos.

El precio de entrada a estos lugares es veinte yuans.

Si un camión se rompe o revientan varias de sus gomas, los monjes sin ayuda alguna lo arreglan. Según Gran Mongol son malos conductores y buenos mecánicos, han sido los causantes de cientos de choques y provocan situaciones de extremo peligro en carretera. Aún es recordado el día en que uno de estos monjes se quedó dormido, mató a catorce niños al arrasar con una escuela en la región de Shi, y huyó mientras la estatua de Buddha –sonriente– caía del camión y se mantenía de pie en medio de sangre y quejidos. Desde entonces, a ese lugar asisten en peregrinaje miles de creyentes; lo apodan «estancia de Buddha en Shi»[3].

Lo cierto es que cada vez que vemos a un monje arreglando un camión o raspándose la grasa de los dedos nos preguntamos cómo es esto posible y sonreímos. Más que monjes parecen diablillos de una película de Buñuel.

La semana antes de marcharnos paramos en uno de los entronques autopista-carretera de meseta e intentamos fotografiar a los monjes. No lo permitieron. Se comportaron de manera huraña y después de taparse la cara, caminar hacia varios lados, gritarse entre ellos…, se acercaron con los puños cerrados y lanzaron piedras. Cuando estábamos relativamente lejos paramos e hicimos muecas. Uno de ellos rio, se sacó el pene, orinó. Esa actitud puso en crisis todo lo que hasta ese momento pensábamos del budismo.

---

[3]   Para ser exactos, habría que apuntar que de los tipos de Buddha que circulan en la república (sonriente, de la armonía, melancólico, mojado con lluvia de lodo…), el de la fertilidad es el más solicitado. Se representa con un rostro serio donde no hay marcas de tristeza, y es el único que no entrecruza o deja caer los brazos, sino que los semiflexiona hacia delante con los dedos abiertos. Las parejas se encomiendan «a la fertilidad» y es práctica que las mujeres le besen tres veces el dedo índice (de la mano derecha) diciendo: Buddha de la fertilidad muéstrame el camino (*xicho padme kung no fá*). Al retirarse deben bajar la cabeza y no darle la espalda hasta salir del templo. Para que este deseo se cumpla se debe tomar durante tres días seguidos el té llamado «paseo de primavera».

El *Huangcheihuan Sun* ha revelado que en toda la república hay más de mil camiones consagrados a Buddha.

B.

Beijing es un imperio. Es la ciudad política por excelencia, y según nos confesaron nada se mueve sin que el estado no lo sepa. Para esto la república aplica medidas extremas, hace que cada ciudadano vigile al otro y denuncie ante juridicciones que se encargan de procesar al individuo y construir una cadena culpa/salvación.

Es famoso aún el caso de los dos carpinteros que ante la acusación de venta-ilegal-de-madera-pulida denunciaron poco a poco a cincuenta y dos personas, incluyendo administradores y maestros operarios, que se encargaban de controlar el mercado y regular precios. Esto hizo que la madera se volviera inaccesible y personas dedicadas a la escultura, ebanistería, etc., tuvieran que dedicarse a otro oficio hasta que las autoridades olvidaran el caso y el negocio de madera adquiriera nuevamente fuerza.

Ahora, esto no hay que leerlo con horror. Los beijineses son personas muy flemáticas y les gusta percepcionar su vida como si fueran comedias de enredos. Estos juicios más que angustia despiertan «deseo de continuidad».

Si hubiera que buscar una palabra para definir B., sería esta: maqueta.

La ciudad se levanta sobre avenidas rectas, con calles anchas, y su arquitectura es ¾ tradición, ¾ estilo moderno. Desde un edificio alto se pueden ver casi todos los edificios, y visto así ofrece la impresión de algunas ciudades del norte de Europa.

Visión equívoca…

Beijing es caricaturesca, y más que ciudad parece máquina de burla. Los edificios han sido rematados con lumínicos y ventanas ciegas, mientras las casas, estilo neoclásico, terminan con techo de pagoda u otro elemento donde se hace visible la mescolanza de estilos.

Lo mismo sucede con las iglesias: treinta porciento de población católica. Las construyen con un material derivado del plástico reforzado con caucho-gravilla, y pintan rojo o magenta con cristales alrededor, cruz encima. Gran Mongol con una sonrisita dice que ésas son las cafeterías de Dios.

Otra de las atracciones de B. son sus máquinas de multiplicar dinero (*gonsuwhoxig*). Los jóvenes se apilan alrededor y por unos cuantos centavos ganan el equivalente de cinco dólares. Lo terrible es cuando estas cajas de metal se traban. Toda la parsimonia china se descompone y dan patadas a la máquina hasta que funciona o devuelve el dinero. Entonces salen sonriendo y van hacia otra máquina.

Una tarde, caminando hacia casa de Lu Zhimou (escritor), vimos cómo varios adolescentes descascaraban una de estas máquinas, golpeaban al celador –vigilante de distrito– y después corrían.

Sin embargo, Beijing es una ciudad tranquila. Apenas hay ladrones y la mayoría de los muertos más que a asaltos o robos responden a la prohibición-de-salida-después-de-las-diez-de-la-noche, hora en que es imposible acceder a transporte y personas con enfermedad o heridas tienen que esperar las seis de la mañana para llegar a hospitales.

Así, en casa de Zhimou, algunos escritores pidieron disculpas por marcharse «tan rápido», y explicaron que las personas sorprendidas en la calle después de hora de toque son encarceladas por contravenir disposiciones oficiales de la república. Zhimou relató cómo los escritores se vigilan entre ellos y para reunirse con occidentales deben pedir «consejo» a la institución central.

Si alguno desafiara esta regla, lo más posible es que desaparezca en un pueblecito de provincia.

Cuando intenté tirarles una foto taparon la lente y dijeron no. «Los escritores de la nación no deben dejar que occidente los mire». Así que se levantaron, estiraron sus camisas y se fueron. A los minutos, la esposa de Zhimou –traje tradicional, pulsos– apareció con pipas largas, cajitas de opio y té.

(No tuvo que rogarnos mucho. Aceptamos).

AEROPUERTO

El aeropuerto de Beijing es como una pecera. Fue construido con cristales gruesos que amplifican la visibilidad y escaleras rodantes que entrecruzan los edificios hacia diferentes salones. Cuando un avión aterriza o se marcha, estas escaleras de baranda plástica transparente y alfombra carmelita convierten al aeropuerto en un hormiguero.

En lo alto de sus paredes hay vitrales. No pequeños o medianos, grandes. De más o menos cuatro metros de longitud. Representan el vía crucis chino a través de la historia y en uno de ellos aparece un Mao gigante cortándole la cabeza a un dragón que suelta sangre por la boca. Este vitral, frente por frente a la pista, obliga a los pasajeros que regresan a quedarse observándolo.

Cuando nos acercamos, leímos: Sólo un gran líder junto a su pueblo es capaz de cortarle la cabeza al dragón.

En otros, Mao siega espigas con una hoz y enseña lectura a diferentes niños en una escuela.

Estos vitrales, de colores llamativos y junturas delgadas, son los más fotografiados de los tres edificios.

Para llegar al aeropuerto hay que cambiar varias veces de autopista. Primero la que conduce a Shuking; después la que bordea la termonuclear-2; más tarde la definitiva.

Como se sabe, las autopistas poseen rampas destensionadoras y cuando paramos en una de ellas, el desmontaje de cajas de pescado en los muelles y los campesinos arando tierra a decenas de kilómetros, parecían más que hechos aislados, el acople natural de un *solo*único espacio.

Lo mismo sucedió con el cementerio. De lejos: diagrama rectangular con señales y flechas; de cerca, lugar de meditación y encuentro.

Lo interesante de las costumbres chinas es que en vez de llevar flores o comidas a los cementerios: usual en diversas culturas, llevan piedras rotuladas con alguna frase o imagen. Por ejemplo: «tu hijo que aún te ama» o figura-de-familia-sentada-a-la-mesa. Así, había tumbas con montañas de piedras encima y otras con dos, tres piedras a los lados.

Estos cementerios son muy sobrios. Sólo una cruz de madera-cemento clavada a tierra y una tarja pequeña de bronce con nombre del fallecido y fechas.

Alrededor, árboles.

Gran Mongol después de estar arrodillado varios minutos, nos contó como su padre enterró un gancho de carnicería en el cuello de su madre y la arrastró por Shuking «para que aprendiera de una vez por todas a no alzarle la voz a su marido». Después la colgó en la tiendecita del pueblo y huyó.

Este hombre, más tarde se supo, fue baleado intentando cruzar la frontera con Siberia.

El aeropuerto de Beijing es silencioso. Las personas no hablan entre sí o se lanzan frases cortas en voz baja inclinando la cabeza y acercando desmesuradamente la boca al otro. El movimiento de torso los hace parecer tentempiés que caen-levantan.

Cuando presentamos nuestros pasaportes en la cabina de verificación, los oficiales comenzaron a mirarse entre ellos y observarnos detenidamente intentando superponer nuestro rostro al del pasaporte. En esto demoraron varios minutos, tiempo que aprovechamos para despedirnos de Gran Mongol y abrazarnos.

Una vez dentro, un policía de aduana se acercó y mediante señas dio a entender que había problemas con nuestro equipaje. En la oficina, las fotos polaroid, 750 en total, estaban desparramadas sobre la mesa y dos oficiales las examinaban cuidadosamente. Al advertir nuestra presencia, el oficial-hombre: traje con chamarretas rojas, ojos saltones, se acercó y golpeándome el pecho con el índice dijo: «Tú no saber nada de China». A lo que no respondí intentando captar los detalles de la situación: mesa de hierro, tres fotos tamaño mediano de dirigentes de la república, paredes grises, oficial-hombre, oficial-mujer, papeles…

Después de ubicar las fotos en montones desiguales el oficial-hombre, que salía constantemente y consultaba con alguien de voz parecida a la de Gran Mongol, señaló: «Estas son las que ustedes llevar», empujando hacia delante un bultico de aproximadamente doscientas fotos.

Las recogí e introduje en un sobre amarillo.

Cuando pregunté por las otras, nos miró, y casi sin abrir la boca dijo: «Distorsionan imagen de república» –haciendo un gesto de fin de todo diálogo.

Así que salimos a la pista y nos incorporamos a la cola de la escalerilla del avión. Observé nuevamente el Mao. Las venas del rostro se le inflamaban y el dragón ya no soltaba sangre por la boca, sino que giraba frenéticamente sobre sí mismo y reía…

Apreté nuevamente el paquetico con las fotos.

Subimos.

Matadero

La casa del escritor estaba justamente detrás del matadero.

Era oscura, pequeña, estrecha, con un pasillo largo hasta la cocina y *dos*tres cuadros con recorticos de animales en las paredes. A este tipo de construcción: edificios de cinco plantas con puertas puertas puertas…, algunos arquitectos lo llaman «trampas para ratones».

Si no fuera demasiado descortés podríamos decir que Beijing está llena de trampas para ratones.

Existen grandes asentamientos de estos edificios por toda la ciudad y algunos de sus apartamentos ni siquiera poseen una pieza ritual destinada al sueño (huevecillos-de-cobre), sólo un baño, una cocina y una sala-comedor donde también se descansa. Según pudimos constatar la casa del escritor tenía una habitación con dos ventanas que daban directamente al matadero.

Por lo que dijo la Pekinesa, señora que atiende desde el accidente al escritor, ese lugar es una metáfora de China: sólo sangre, sangre y vacas muertas. Así que no podemos quejarnos, chirrió, por mucho que querramos no podemos escaparnos de la maquinita historia…

Contó como el escritor quedó parapléjico después de una acusación pública en la Bolsa de escritores: «se supone que le haya dado un derrame cerebral bajando la escalera», y cómo su cabeza barrió cada uno de los cincuenta y siete escalones que separan a la Sección de literatura de la Biblioteca. «Todo por culpa de esa acusación», dijo, «de esos escritores que se denuncian unos a otros».

Parece ser que el último libro del escritor, la novela *La gran marcha hacia el costado*, había caído especialmente mal en la república y había sido traducida a varios idiomas sin permiso oficial de la Bolsa...; cosa castigada con varios años de cárcel o con un congelamiento *ad infinitum* en una fábrica o panadería.

«Como el escritor quedó en este estado después de la acusación –y lo señaló, mientras éste en su silla de ruedas babeaba y miraba algún lugar detrás de las ventanas– lo que hicieron fue no reeditar más sus libros, prohibir cualquier referencia en revistas/periódicos y ofrecerle esta casa que es una especie de sarcófago, para que muera...».

«Sabemos que cada vez que nos visitan», miró al escritor, «varios funcionarios de la Bolsa se colocan en el techo del matadero y vigilan. Pero a mí ya no me importa eso», chirrió, «lo único que pueden hacer es castigarnos como a las vacas, a corrientazos».

Hasta donde entendemos el problema de *La gran marcha hacia el costado* fue su cuestionamiento irónico de los últimos años de la república. Su visión de ella como zona de castigo: lugar donde unas vacas matan a otras vacas y les hacen sufrir distintas vejaciones. Así que al final *ellos* fueron más irónicos que él, soltó la Pekinesa, lo sacaron del mundo y para colmo lo pusieron a vivir en este lugar, para que se acuerde que con «ellos» no se juega.

«Al principio el escritor pasó de hospital en hospital y después fue enviado hacia una clínica de rehabilitamiento por dos años en Zhinku; ahí fue cuando aparecí yo –tocándose las manos–, nos mudaron a este edificio y advirtieron que esto era hasta que ellos quisieran, que siempre recordáramos la palabra Bondad».

Sin dudas, ésta era una de las palabras más utilizadas por la retórica oficial de LaNuevaChina. Sólo en la versión en inglés del *Aurora del futuro* (uno de los periódicos de mayor tirada) la contamos cuatrocientos setenta y siete veces.

La Pekinesa nos mostró cómo desde allí: la sala y el cuarto del escritor, se veían diferentes zonas del matadero, y cómo el olor a sangre a veces era tan fuerte que ella tenía que colocarse un trapo en la cara para no contaminarse. «Yo estoy segura –continuó– que a veces matan animales sólo para que el olor a sangre penetre en la casa y veamos lo que pueden hacer con cualquiera, cómo pueden destrozarlo hasta que se pudra».

«Hay vacas que han dejado más de veinte días en medio de ese patio», y tocó con el brazo derecho una de las ventanas, «mientras las moscas y los gusanos hacen lo suyo. ¿Eso no les parece una advertencia?».

Dijimos que no sabíamos exactamente pero que había varias maneras de deshacerse de animales enfermos: quemándolos al aire libre mientras alguien echa petróleo o dejándolos semimuertos hasta que se hinchan y pudren. Según Granet, éste era el método preferido de los señores feudales: una larga pestificación hasta que el fluir del animal se acopla a la naturaleza.

La Pekinesa hizo un mohín con la cabeza y nos condujo de inmediato hasta la puerta: «Me parece que ustedes no han visto nunca la manera en que un tigre cierra la boca...» (*plash*).

Resulta innecesario subrayar que a partir de aquí nuestra investigación sobre el escritor se hizo sumamente difícil, ya que la Pekinesa nos recibía cuando quería o nos ahuyentaba argumentando fuertes dolores de cabeza. Cuando le pedimos revisar los inéditos del escritor dijo: «para eso tienen que traer permiso oficial».

Sus historias se hicieron cada vez más extrañas y sólo giraban alrededor de micrófonos, grabaciones detrás de las paredes y de cómo la Bolsa inyectaba sustancias en el pollo que le daban cada seis meses para adormecerla. Más de una vez articuló: «He encontrado la caja de fósforos fuera de lugar».

En uno de sus arranques verbales supimos que ella estaba emparentada con el escritor por parte de madre (había sido la esposa del tío de–), y que el escritor durante mucho tiempo la había llamado «mi tía periférica»; que en Beijing sólo quedaban ellos dos; y que por atenderlo había enterrado su vida y ahora era un vegetal junto a él...

Habló de cómo su angustia se debía a la fama cada vez más idiota del escritor y cómo en la misma medida que «esa famita había crecido» ella sentía también que «por tener que dar entrevistas que no quiero dar y salir en fotos donde no quiero salir» su odio crecía junto a ella.

Nosotros charlamos de nuestra universidad y de cómo algunos departamentos estaban intentando crear un fondo para ayudar al escritor: «eso también va a ser para usted..., no se preocupe..., con nuestra investigación vamos a demostrar que el escritor puede ser considerado la resistencia más prestigiosa a China en los últimos cincuenta años».

Ella quedó durante un tiempo en silencio y después escudriñó bizcamente nuestros maletines en el suelo. Dijo: «está bien, pero hoy no, otro día...»; y abrió la ventana para ver cómo empujaban a una vaca y la colgaban viva en uno de los ganchos del matadero.

«El día menos pensado le voy a dar un tiro en la cabeza...», dijo.

Por lo que preguntamos el accidente del escritor no estaba tan claro como la Pekinesa había sugerido. Varios escritores cuyo anonimato es mejor no develar afirmaron estar seguros de que no había existido tal accidente, y de que si había caído era porque seguramente lo habían empujado. Uno juró haber visto una sombra correr en dirección a las oficinas.

Cuando registramos las actas del momento: tuvimos que esperar cerca de una semana para que nos dejaran observarlas, ya que un jefe superior debía siempre darle permiso a otro jefe superior hasta que acordaron que las revisáramos con uno de los poetas vicepresidentes, un batracio de ojos amarillos que nos interrumpía a cada minuto, vimos que de veintisiete personas quedaron en el local a las 6 y 45 sólo tres contando al escritor y a la secretaria que levantó acta.

Esto en principio nos dio mucha alegría. Aparte del escritor sólo dos personas habían quedado junto a él, nos decíamos, así que por algún lado tendrá que salir la verdad. Cosa que hizo que recesáramos ese fin de semana y fuéramos a comer pato cantonés a un restaurante que hay en las afueras de la ciudad. Un pato extraordinario, sin dudas, el mejor que hemos comido en años.

De vuelta a casa del escritor fuimos desmontando las cajitas de inéditos de un closet disimulado en una de las paredes del cuarto, el que está frente por frente a las ventanas, y abriéndolas con mucho cuidado para ver qué contenían.

Para nuestro asombro algunas de estas cajas, dieciocho en total, estaban semivacías. Habían sido abiertas antes y muchos de los papeles que encontramos se interrumpían, o lo que reconocíamos como «grafía de escritor» se hacía tan diferente que no era difícil sospechar que alguien las había cambiado o distorsionado.

En una de las cajas sólo apareció un reloj.

Cuando le comentamos a la Pekinesa esta arbitrariedad: la de papeles y letra de escritor, dijo no saber nada del asunto y que ella recordara era primera vez que esas cajas se manipulaban. Es muy posible que alguna vez él trabajara con una secretaria.

Después de pensarlo muchas veces decidimos que no. Nadie alquila una secretaria para que copie una hoja o la mitad de otra. Además, estaban colocadas como si no hubieran sido escritas después sino en el mismo momento de lo que se llama «flujo de creación».

Por lo que vimos había fragmentos de una novela («la novela que pone al límite mi vida» según descubrimos a posteriori en unos apuntes) que no había avanzado mucho hasta ese momento y dos o tres libros de relatos y uno de teatro en cajas distintas. Éste último se llamaba *Yuanxhei no fuanhg* (Animales en movimiento). También, diferentes libreticas que al principio no comprendimos[4] y ensayos sueltos.

Otras cajas sólo eran de cartas.

Cuando al vuelo revisamos algunas de éstas, la mayoría escritas en inglés, vimos que un gran volumen estaban dirigidas a diferentes escritores de Occidente[5], y otras, aparentemente las últimas, a una tal *Dear S.*

El escritor había viajado a París unos años antes presidiendo una delegación oficial y sin querer, comenta en una carta, la había conocido. Por lo que escribe fue muy importante recorrer con ella el antiguo Museo de Antropología y *Champs Elysées*...

Le comenta sobre un supuesto relato que «sólo tú puedes escribir, con todas estas frases sobre China que yo te iré dictando...» y advierte de cómo le gustaría que esa *nouvelle* se llamase: «*Apuntes para un viaje a China*, así de sencillo...».

La Pekinesa dijo no saber nada de esta relación: «No sé nada de americanas» –dijo, y cuchicheó que no debíamos hacer ningún comentario sobre el asunto, de lo contrario los perros de la

---

  [4] Véase el «Informe» que se reproduce al final de este relato. Por el permiso de reproducción agradecemos a la Universidad de Princeton, USA.

  [5] Entre las cartas dirigidas a otros escritores, todas apilados en dos cajas color verde, encontramos 24 a Heinrich Böll, 7 a Primo Levi, 12 a John Updike, 18 a Ricardo Renzi, 5 a Soma Morgenstern; a este último pidiéndole datos sobre la vida de Joseph Roth. Todas comienzan invariablemente con la palabra «Querido...» o «Estimado...». La correspondencia sostenida con Levi contiene un debate muy interesante sobre «el substrato no histórico de la palabra *Lager*».

Bolsa vendrían y se llevarían las cajas. En la nueva república están prohibidos los vínculos amorosos entre personas de ideologías contrarias.

Nos reímos de lo que nos pareció otra locura de la Pekinesa y prometimos silencio total. Como ustedes saben, una china desconfiada puede convertirse en algo muy serio.

A partir de ese momento empezaron a ocurrir cosas muy raras en el matadero.

Cada vez que llegábamos el mugido de las vacas se hacía más y más insoportable, como si todas hubieran sido pinchadas a la vez, y una banda militar vestida a la manera antigua hacía un recorrido por el gran patio, tocaba largamente un tambor y realizaba cuatro o cinco «fusilamientos».

Lo extraño es que la manera usual de matar a los animales en los mataderos es con 1 o 2 cuchillos hasta descuerarlos (existen varias técnicas, entre ellas la *pu fixj*, patentada en la misma república) o con una serie de corrientazos hasta que las vacas, animales grandes y difíciles de mover, caen desplomadas por la electricidad.

Pero nada de esto ocurría en la Segunda Estrella de Oro, así se llamaba este matadero. Cuando la banda militar daba todas las vueltas que iba a dar, que podían variar de seis a veinte según el delirio del capitán de turno, se colocaban seis rifleros en posición de alerta y disparaban.

Esto sucedía ocho veces en la mañana y ocho en la tarde, según visitáramos al escritor. Cuando trabajábamos tiempo completo se articulaban en las dos sesiones.

Lo más absurdo siempre era el comunicado.

Era leído sin exclusión a cada vaca «lista» y repetido innumerables ocasiones en tonos diferentes de voz, como si varias personas se relevaran una detrás de otra para condenar entre gritos y gritos a las vacas indefensas. Una vez finalizado este simulacro comenzaba la ejecución.

Cuando le preguntamos a la Pekinesa si esto era costumbre en China, aseguró no saber nada de mataderos pero que hasta ahora nunca había visto esta manera de «cortarle la cabeza a las vacas». Es un ritual nuevo, apuntó.

Simulacro que nos molestó muchísimo por la cantidad de ruido y golpeteo que incorporaba, pero que terminamos por introducir en nuestro *campus* de trabajo.

Otra de las cosas extrañas fueron los hombrecitos de cartón.

Aparecieron un día en el techo del matadero, hacia la casa del escritor, y se corrían solos de lugar formando varios diseños. A veces una cruz, a veces una espiral, a veces una fila horizontal.

Estaban pintados como los sheriff de las películas del oeste, con pistola/chaleco, y en vez de ojos tenían huecos, dos huecos por donde suponíamos alguien iba a mirar.

Lo cierto es que nunca vimos a ninguna persona vigilantemente detrás de ellos, y siempre estaban ahí, como perritos de guardia.

Sin dudas la presencia de estos mirones era más molesta que todo el tejemaneje con las vacas en el patio. Sobre todo si se piensa que las ventanas del cuarto estaban semirrotas y no podían cerrarse. Era como estar en una pecera en la que en cualquier momento un monstruo puede introducir su mano.

A partir de ahí decidimos acelerar nuestro trabajo y visitar al presidente de la Bolsa en los días del accidente. Arrinconarlo. Sacar la verdad.

El presidente era gordo, zambo, de uñas largas, con una sonrisita perenne y gestos afeminados. Ladraba tan enredadamente que muchas veces se perdía y al final ya nadie sabía qué estábamos hablando. Cuando miraba daba una extraña impresión de *peep-show*.

Hizo muchos cuentos de su época y sermoneó largamente sobre el alma china. Cómo había escritores que habían traicionado «la ontología estriada» del alma china: *fuan yei xo guahn*, y por esa razón «no situaban su locus en el mismo lugar de la nación». Esos son los renegados, dijo, a los que hay que cortarle los brazos para que aprendan a nadar a favor de la corriente.

Narró cómo en su tiempo él agarraba a ese tipo de escritores falsos y desagradecidos y los amonestaba severamente por haber incumplido con el Código Aúreo del Soldado de las Letras. Recordó el famoso caso de un periodista que había burlado la censura «que nuestra protección impone a ciertos temas», y cómo él en persona lo había arrastrado hasta el manicomio y pateado allí. Un hombre, observó con los ojitos semicerrados, que se atreva de esa manera sólo puede estar fuera de su centro.

A las preguntas sobre el escritor se mostró evasivo y apenas dio datos que ayudaran a decidir si había sido accidente u otra cosa. Sólo dijo: «yo se lo advertí muchas veces, con el *inxj*[6] no se juega».

Sobre la secretaria que había levantado acta aquella noche no pareció recordar mucho y cuando hablaba de ella parecía diseñar a dos o tres personas a la vez: alta, delgada, deforme, bajita…, que a él le parecía que estaba emparentada con él [el escritor], y que era una de esas mujercitas a las que no hay que tomar muy en cuenta. «Por mucho que nos hayamos esforzado», picoteó, «ellas no han podido superar el terreno medio de la inteligencia, ji ji ji ji…».

---

[6] Término coloquial muy usado en la república para designar algo mayor e inalcanzable que debe ser tratado con obediencia y respeto, por ejemplo: la alta dirigencia política y el estado. Fuan Zhan Yu (1967): *Dictionary of Political Terms*. Beijing: Ministry of Culture, English Language Publications.

Acto seguido pasó a describir los logros literarios de los escritores bajo su mandato: diecisiete años siendo la cabeza-guía, y cómo él junto a dos o tres más había empujado el movimiento *realista*nacional «hacia la cumbre que se ilumina con el primer rayo de sol en la mañana». «Descripciones duras», gritó, «no esos novelones sobre la existencia que nadie entiende».

Habló de cómo en la república se había puesto todo en función de ese movimiento: «a pesar de las limitaciones que tiene nuestro país», y de la manera en que la alta dirigencia encarriló a la verdadera literatura. «Eso nos hizo grandes», volvió a ladrar, «aunque hayamos sido al final muy criticados».

Cuando nos levantamos para recoger nuestros bolsos dijo espérense y apareció por la puerta con un librito de tapas negras que según él era el mejor testimonio que se había escrito sobre aquella época. «Acabo de publicarlo, se llama *El alma profética de un soldado*».

Como ustedes imaginarán, mucho antes de llegar a nuestra casa lo botamos.

Lo más curioso de todas las opiniones que habíamos recogido era que varias coincidían en que la secretaria de aquella reunión estaba emparentada con el escritor e incluso, las más arriesgadas, especularon que la sombra que se había visto en la escalera antes de la caída era una sombra femenina. Un poeta, que no negó sus diferencias estéticas con el escritor, aseguró que existían rumores de que la secretaria era la tía de éste o algo así.

¿Sería posible que la Pekinesa fuera la secretaria que durante los dos últimos meses buscábamos? ¿La mano que redactó el informe? ¿La sombra que atravesó de lado a lado el pasillo? Y si lo era, ¿por qué hasta ahora lo había ocultado? ¿Por qué nunca había hecho mención de eso?

Cierto que nunca le habíamos hecho la pregunta directamente. Perdidos en nuestra propia pesquisa y por lo despótico que sería que la tía del escritor –¡¡su propia tía!!– haya participado en un juicio contra éste, no habíamos concebido que ella pudiera estar de manera frontal detrás de todo.

¿Y si todo lo que había sucedido: los vigilantes en el matadero, el fusilamiento de las vacas, las palabras del Presidente de la Bolsa…, no era más que un plan puesto a funcionar por ella misma? ¿Un plan de constantes descentramientos y ocultamientos de la verdad? ¿Un plan nefasto concebido por una chinita nefasta?

(Hmmmmmm…)

¿Y si la que lo había empujado por la escalera era ella y ahora como castigo o recompensa, que todo está muy raro y no se sabe, tenía que cuidarlo hasta que finalmente muriera? ¿Vigilarlo?

La visita a la casa del Presidente nos dejó con muchísimas dudas y nos metió en un mundito lleno de atajos/paranoias. Sólo una cosa era segura: nada de lo que sabíamos era definitivo, había que desconfiar de todo y todos. Como ha escrito Confucio: Un verdadero Príncipe es aquel que duerme con los ojos muy abiertos.

Nota:
Pasé por aquí. No estaban. Al escritor le han dado convulsiones y está en el hospital. Nos hacen falta medicinas.
Los espero.

¿La grafía de la Pekinesa no era ya un indicio de sospecha?

¿Esa manera de hacer la a, con una bolita demasiado contraída abajo y sólo un palito arriba, de construir oraciones cortas, de obligarnos a ir al hospital sin obligarnos, no era todo fruto de un calculado y puntual entrenamiento?

¿No había en la autoridad que desprendía esta nota clavada en la puerta de nuestra habitación toda una vida en función de recibir y dar órdenes?

¿No se encontraba ya en esa tachuela de cabeza roja utilizada para martillear la nota «algo» íntimamente relacionado con el movimiento de sus manos cuando hablaba, así, como si tasajeara dos vacas en el aire? Incluso ¿no era ya todo evidente en las venas que le bajaban por el brazo hasta las manos y se ramificaban en cada uno de sus dedos?

Innegablemente, una de las cosas que más nos llamó la atención de la Pekinesa fueron sus venas: anchas, multiformes, verdes... No porque hayan sido sensacionales en sí mismas, habría que ver qué significa éste vocablo aplicado al mundo de las venas, sino por el simple hecho de que se tornaban visibles y se podía estar frente a ellas con relativa comodidad. Por mucho que una persona no entendiese, son —por decirlo de alguna manera— carreteras listas para el «viaje».

Aunque parezca curioso, en la república a las mujeres nunca se les observan las venas. Suelen echarse polvo de arroz para tapar la más mínima variación en sus cuerpos, y usan vestidos largos con estampas oscuras o flores. De hecho, para aficionados a la angiología como nosotros se hizo sumamente difícil y sólo en la Pekinesa o en niñas que no pasaban de diez años pudimos recrearnos, ya que en la república consideran de mal gusto este arte e incluso incomprensible. Dicen: occidentales como siempre: aberrados...

Ahora ¿el propio hecho de que en la república se empolven con talco de arroz y la Pekinesa no, de que las chinitas disimulen esa vena que pasa cerca del ojo[7] y la tía del escritor no sólo no la

---

[7]   Lo que más sufrimos fue sin dudas la ausencia de vena ocular. Se la tapan obsesivamente con una resina amarilla que a su vez va a ser borrada con polvo de arroz, y ni siquiera dejan que otras personas se acerquen a sus

escondiera sino la mostrara constantemente, no es esto en verdad y sin exageración sospechoso?

¿No es síntoma de un carácter autoritario, de una voluntad al servicio del mal, de un desafío?

¿Alguien con ese tipo de venas, la del ojo la de las manos la de los pies, no puede irte estrangulando día a día y observar con total calma como pataleas hasta que mueres?

¿Agarrarte el cuello y sencillamente trackk...?

Sí, ya no teníamos dudas. La Pekinesa era ese bicho que desde el principio tuvimos contra nosotros. A partir de este momento sólo había que investigar y mantenernos alertas. Si había arrojado por la escalera al sobrino, a nosotros era capaz de amarrarnos y sacarnos los ojos con una cuchara.

En el hospital todo fue diferente. Se mostró particularmente amable y hasta las enfermeras, a las que se les tiene prohibido hablar con extranjeros, sonreían e inclinaban su cabeza a nuestro paso.

Narró las varias etapas que había tenido esta nueva recaída: primero con manos viradas-lengua afuera, después con suplemento de oxígeno-ojos en blanco, más tarde con espumarajos babosos-contorsiones epilépticas, y cómo desde hace dos días todo se había controlado y empezaba a mejorar. «Si continúa así», graznó, «estaremos muy pronto en nuestra casa».

Frase que nos recordó nuestras sospechas –¡debemos investigar, debemos investigar!– y nos hizo pensar seriamente en la manera

---

rostros. Piensan que la localización de esa vena hace a los descendientes del antiguo imperio vulnerables y pueden ser reconocidas enfermedades virales o genéticas por esa vía. Algunos creen que a partir de esa vena sólo es posible la circulación de *qi* en el cuerpo.

o las maneras en que podíamos entrar a la casa sin levantar sospechas:

uno) ofrecerle un té con somníferos a la Pekinesa, extraerle las llaves y hacerles copia.

dos) zafar con un cuchillo de mesa varias de las persianas de la sala y después retornarlas a su sitio –cosa que ocuparía mucho tiempo.

tres) forzar la puerta.

Aunque como imaginan la que menos nos agradaba era la primera, ya que incluía demasiado azar: si se tomaba el té, si le hacía efecto, si no había una reacción alérgica…, fue la que estimamos más conveniente para no fallar en nuestros propósitos. Así que inventamos un té inglés de muy reciente reputación, que seguro ella no había probado: nos guiñábamos los ojos cada que hablábamos de la grandeza de este té, y le echamos somníferos como para que estuviera durmiendo una semana. Cosa que no falló. Parecía una puerca a la que acaban de matar.

Dos horas después estábamos entrando a la casa del escritor.

Hacer el recuento de cómo nuestra investigación varió a partir de este detalle –la entrada a la casa, el juego entre lo que se muestra y se oculta, el asombro– sería un sinsentido, una manera de enmarañar las historias que posee esta historia. Sólo una cosa podemos adelantar: la Pekinesa no despertó y hubo que enterrarla en la misma posición que fue encontrada: decúbito supino. Al escritor le dieron casa: una casa hermosa, con estantes de flores-techo de pagoda, y ahora atiende un taller de jóvenes dramaturgos en una provincia cercana. El antiguo presidente de la Bolsa se mató. Según el *Aurora del futuro*: «el enemigo una vez más había demostrado, al-asesinar-a-este-matrimonio-símbolo-de-la-república, que no sabía observar las diferentes formas que conviven en una naranja».

Informe

Este informe no ha sido hecho para ser publicado. Debe ser leído en silencio; tomando apuntes. Es fruto de nuestro error, de la mala información que constantemente tiene occidente de lo que ve-siente el Otro. También, de nuestra ingenuidad. Es el resumen de las notas que poco a poco fuimos tomando ese día, el día de nuestro arresto, en el lugar de los hechos. Quisiéramos consignar que nos han tratado respetuosamente y nadie nos ha obligado a mostrar este diario. Lo hemos entregado sólo para que nuestra conciencia quede tranquila y facilitar en parte el proceso. Estamos seguros que la benevolencia de la ley será la única que caerá sobre nosotros.

1. Todo en la casa ha cambiado. El orden aparentemente continúa: las tazas de té, los cuadritos sobre las paredes, la mesa en medio de la sala… pero a la vez todo posee un orden falso, como si hubiera sido trazado para despistar, coger en falta…

2. Una foto del escritor ha sido colgada detrás de la puerta. Una foto muy pequeña, como las que se colocan en carnets o planillas, dentro de un marco muy grande. El marco ocupa más o menos la mitad de la puerta mientras la foto, ridículamente, está empotrada en medio. La imagen del escritor en la foto mueve los ojos hacia todas partes desenfrenadamente mientras nosotros recorremos la casa; a veces, salta.

3. Han desaparecidos once cajas de textos. En las siete restantes sólo hay papeles sueltos y anotaciones sin demasiada importancia. En una de ellas, junto a un reloj antiguo de bolsillo, hay un gorrión disecado.

4. El gorrión tiene una expresión muy rara en el rostro. Sus ojos y cierta apertura en el pico, como si quisiera decir algo, recuerdan

los ojos y la boca de la Pekinesa. Es como si el artesano que lo momificó se hubiera basado en una foto de ésta. Quizá, en una foto de la Pekinesa joven. Por momentos, no sabemos cómo ni por qué, el gorrión mueve una pata.

5. Del baño ha sido arrancada la tina de porcelana, aún se ven los huecos de los tornillos en el piso, y la ducha. En sustitución sólo hay dos cubos vacíos. Uno de los cubos tiene un hilo amarrado que llega hasta la foto dentro del gran marco tras la puerta. El hilo es blanco.

6. En el baño hay otra foto del escritor. En ésta se ve desnudo, acostado sobre una camilla en un lugar que parece la sala de operaciones de un hospital. En el fondo hay una mujer con guantes blancos y una cuchilla en la mano izquierda. La mujer, quizá la Pekinesa, no parece estar mirando hacia el fotógrafo sino hacia algún lugar que no se ve en la foto.

7. En uno de los rincones de la sala hay un aparato. Es metálico, con varios bombillitos rojos y una bocina en forma de cono; por uno de sus extremos bota papeles.

8. En las siete cajas de inéditos que permanecen hay un diario. Mejor, un fragmento de diario, ya que sólo sobreviven algunas páginas de uno mayor[8] que antes no habíamos visto. En este diario

---

[8] Una de las páginas dice: «En realidad los matarifes desuellan muy rápido a los toros, como si con esa rapidez quisieran economizar su dolor. Con las vacas se demoran más. Les cortan primero las ubres y después el rabo en tres pedazos. Posteriormente con un cuchillo las van apuñaleando hasta que la vaca se desangra». Otra página: «A los toros los matan con electricidad. Dos o tres cablecitos alrededor del cuerpo y una descarga. Lo más curioso es que siempre caen con los ojos cerrados, como si no quisieran culpar a nadie. Las vacas no. Las vacas caen con los ojos abiertos o pestañeando. Más de una vez he visto cómo los matarifes les echan chorros de agua en los ojos para ver si los cierran». Otra página: «Por la manera en que mueren los toros y las vacas sabemos que son animales en diferencia».

encontramos el siguiente apunte: «Están vigilando. Aparecen y desaparecen de mi casa y me obligan a pasar muchas horas inutilizado en un sillón de ruedas… Los occidentales hablan mucho. Calma, porque si no la situación se puede volver insoportable».

9. Analizamos las hojas que suelta el aparato. Hay fotos de nosotros *abriendo*cerrando las cajas y en otras posiciones: hablando con la Pekinesa, de pie junto a la puerta, mirando por las ventanas, echando azúcar en el té, etc. En algunas aparece el escritor babeándose. Su boca, en esta foto, recuerda también a la de la Pekinesa joven. Quizá cierta deformación –hasta ahora imperceptible– en la comisura de los labios.

10. El aparato está registrando lo que ahora mismo hacemos. Reproduce imágenes detalladas de nuestros movimientos por la casa y va describiendo a pie de foto nuestras acciones. Por ejemplo: Si nos sentamos a leer el diario del escritor dice: «Occidentales sentados leyendo diario. 19.07 gmt».

11. Por lo que está escrito en el diario, el escritor tiene que obligar constantemente a la Pekinesa e incluso a veces convocar reuniones urgentes con los «kamaradas de la Bolsa» para que ésta cumpla «eficazmente» su papel. En un esbozo de carta que aparece pegada sobre otra hoja en el mismo, dice: «…no estoy seguro que este teatro del accidente sea lo indicado. Tal parece que muchos piensan que no hubo tal accidente y que en realidad me empujaron. Para nuestra tranquilidad debemos intentar desmentir esta versión. Charlar con F.».

12. Bajo el sofá descubrimos otras cajas con fotos: con la misma calidad de impresión del aparato. En algunas aparece el escritor disfrazado de militar en el patio del matadero ordenando la ejecución de las vacas y, en otras, con su rostro muy cercano al de varios de estos animales como si estuviera susurrándoles algo. En un álbum, el escritor y la Pekinesa pintan y recortan los hombrecitos de cartón. Sonríen.

13. Encima del escaparate hay otros gorriones disecados: 75 para ser precisos. Todos más o menos tienen el mismo tamaño y la misma expresión. A la izquierda hay un pájaro más grande al que le faltan dos plumas de cada ala y los ojos. Los ojos o un simulacro de éstos están dentro de una cajita de cristal con un papelito que dice: Hechos a mano por la Pekinesa.

14. Descubrimos en unos *files* camuflados en una falsa pared del cuarto un Mea culpa redactado por la Pekinesa. En éste dice que por sus padres haber desertado de la república y «haberse vendido al enemigo» se compromete a servir lealmente toda encomienda y a no fallar nunca. «Kamaradas, lo único que puedo decirles es: ¡no desconfíen!».

15. Junto a los papeles del escritor aparecen muchas cosas que no habíamos «registrado» antes: brazaletes de soldado, medallas militares, fragmentos de notas aparecidas en la prensa, una pequeña pistola semioxidada o que por lo menos no se limpiaba hacía mucho, una portada de revista donde se ve al escritor sonriendo encima de una montaña de gorriones disecados... El pájaro más grande, al que faltan ojos y algunas plumas de las alas, se ve como a un metro de esta montaña mirando hacia la cámara. La revista tiene escrito en sus bordes, a bolígrafo, algo ininteligible.

16. El aparato reproduce insistentemente nuestros movimientos, incluso los de pararnos frente a él, observarlo; y tira los papeles hacia un lado en una canasta plástica. Hace un ruido sordo.

17. Junto a los libros que se amontonan tras el sofá hay dos ceniceros con varias colillas de cigarros. También, pequeños papelitos masticados con restos de apuntes. En algunas de estas colillas hay manchas de labios y grasa de pelo. Encima, plumas de algún pájaro que aún no hemos detectado en la habitación. Estas plumas tienen pintados unos ideogramas que aparentan movimiento cuando las cambiamos de lugar.

18. Abrimos uno de los muchos gorriones que hay sobre el escaparate y vemos que están totalmente huecos y con una reproductora de minicasettes encajada en lo que antes fue su barriga. Cuando escuchamos, en esta cinta está parte de nuestras conversaciones con la Pekinesa y a posteriori la voz de un hombre consignando día y año del encuentro. El interior del pájaro grande está vacío, con una babaza transparente que hace un poco difícil su manipulación.

19. En otro de los apuntes dice: «Hoy los occidentales vinieron y registraron las cajas con cartas que hemos tardado años en falsificar. Quedaron muy impresionados con mis supuestas relaciones y le hicieron a la Pekinesa muchas preguntas al respecto. Realmente estoy muy cansado. No sé por qué de una vez por todas no intervenimos. Al final, son como ratoncitos en un laboratorio, están atrapados».

20. Descubrimos bajo uno de los cubos del baño —el de la derecha— un cartapacio de papeles con anotaciones precisas de qué decir y cómo gesticular «en este nuevo caso». Las anotaciones tienen pequeños dibujos con la mano en disímiles posiciones e incluso en una aparece el lugar en que se debe colocar a los gorriones con respecto al volumen de los cuerpos: «para que el movimiento de las manos no corte el flujo de la voz». Por la grafía, suponemos que estos apuntes fueron redactados por el antiguo Presidente de la Bolsa o la Pekinesa.

21. Las ventanas del cuarto del escritor han sido restauradas y pintadas de verde oscuro. Encima tienen una telilla blanca con una hoz y un martillo incrustados. Debajo, otra telilla con la imagen de uno de los dirigentes de la república. A veces, por una extraña anomalía, esta imagen parece recorrer todo el cuarto y después situarse nuevamente en su lugar.

22. El aparato emite un ruido áspero y *enciende*apaga todos sus bombillitos insistentemente. El papel que vomita tiene un raro

esquema de gentes fusilando y vacas muertas. A pie de nota se lee: «¡La sonrisa del escritor construirá el horizonte!».

23. En otro de los apuntes dice: «Esta va a ser la prueba más dura. Nunca he tenido paciencia para estar en cama y creo nunca la tendré. Ojalá todo pase rápido. No soporto ya la situación y menos el olor que desprenden estos occidentales. Si todo continúa según hemos ideado esta misma noche operamos».

24. El matadero está totalmente vacío y han colocado frente a la casa una valla grande con la imagen de una vaca muerta y tres gorriones encima picoteando su carne. La imagen tiene abajo la letra *xhu*, en letras rojas.

25. Bajo el sofá encontramos otra revista con unas preguntas a la Pekinesa y una foto de ésta junto al antiguo presidente de la Bolsa. El artículo cuenta cómo una sofisticada operación entre varios escritores y las fuerzas de la Seguridad «salvaron a la nación una vez más de la calumnia y el sinsentido». El mismo artículo habla de alucinaciones y de un extraño juicio celebrado hace un año a dos personas [páginas centrales].

26. El aparato empieza a soltar tornillos hacia todas partes y un intenso olor a plástico derretido. La última foto que imprime es la vista vertical de dos paredes grises y una ventana con rejas en lo alto. Debajo, un banquillo de madera.

27. Decidimos que debemos regresar al hospital y mostrarnos como si-nunca-hubiéramos-sospechado-nada. Un verdadero profesional simula incluso hasta cuando cree que ha sido descubierto.

28. Luces,

El Gran Corazón de Occidente

China es un país de enanos. Los enanos son deformes y cuando se desplazan parece que un martillo les hubiera achatado la cabeza. A este tipo de enano: voz nasal, gestos teatrales…, los llaman en el interior de la república «monos de feria».

Y es que todos los enanos son irremisiblemente monos de feria. No sólo por la forma en que chillan: animalitos que se estorban unos a otros, sino por la torpeza con que gesticulan y la malformación que hace de su cabeza masa de ronchas y huecos.

Si alguna vez hubiera colaborado en China: jefecillo de hacienda, secretario del ministerio de comercio, mi primera decisión hubiera sido exterminar a los enanos, cazándolos uno a uno como moscas o enterrándolos vivos en el desierto de Xhu'g.

Mi segunda decisión: linchar a toda persona que haya tenido enanos en la familia.

Recuerdo que cuando le conté al Alemán de mi odio hacia los enanos, comenzó a reír con cada una de mis palabras y dijo: tienes que ayudarme a cazar enanos en China…

Una de las escenas más interesantes de su película es cuando el director del reformatorio descubre tras la ventana un enano-alumno observando. Lo invita a pasar, y después de acariciarle el pelo, preguntarle por sus estudios, arreglarle la camisa…, lo tira contra el piso, viola.

Cuando ha terminado, le da vueltas hasta que la cabeza del enano-niño revienta contra la pared.

Pero lo hermoso de este momento no está en la violación-en-sí, acto de *stimmung* y grandeza, sino en la manera en que el director lo agarra y lo suelta, las líneas de placer que atraviesan su rostro, la sonrisita inocente y marionetesca a la vez.

Toda esta escena, desde que el director del reformatorio sujeta por los pies al enano-niño hasta que lo besa –gesticulando exageradamente y salpicándose de sangre la boca–, fue editada en cámara lenta, con una musiquita de fondo que anula todo efecto patético, como si lo visible, es decir: el director, los muebles, el enano… no fueran más que un circo perverso, el resultado de un cerebrito neurótico y sin salida.

En el cine, las pocas personas que habíamos: señoras con sus hijas, funcionarios mediorraros, viejos, lloraban ante esta escena y se tapaban los ojos para dar tiempo a que cambiaran los rushes.

Yo reía.

No podía aguantar cierta mezcla de goce y extrañamiento ante la sangre que brotaba de la cabeza del enano-niño y el rostro transfigurado del director, como si con ese «gesto» hubiera encontrado la clave de lo que llevaba años buscando.

Después, un plano largo del enano muerto en el suelo…[9]

Cada vez que pienso en esta película me vienen a la cabeza los rasgos del Alemán.

Alto, castaño, con un pañuelo grisoso alrededor del cuello y un rostro más bien cuadrado, de líneas duras. Tomaba coñac

---

[9] Werner Herzog años después filmaría *También los enanos comenzaron desde pequeños* (*Auch zwerge haben klein angefangen*), película que copia una serie de escenas del cine del Alemán, aunque no se reconozca en los créditos, y en entrevistas posteriores Herzog haya negado incluso saber de la existencia de su predecesor.

fumando un cigarrillo negro que él mismo enrollaba, y reía desmesuradamente, con la boca abierta. Según él, esos cigarrillos, y la boquilla que encajaba en cada uno de ellos, los había comprado en Fez: tienda de liquidaciones, y le había costado menos de lo que vale una caja de fósforos en cualquier lugar. Cuando la extraía del bolsillo pequeño de su cazadora gritaba: mi boquilla marroquí...

A veces también decía: «este país está mucho más podrido que Marruecos», y se quedaba como intentando escudriñar algo.

Por lo que sé de él, antes de viajar a la república a filmar su «enciclopedia de los enanos» había hecho una pequeña película sobre unos cuervos, unos árboles y un hombre que descubre en el vuelo de estos pajarracos el sentido de su vida. Está días y días estudiándolos hasta que tropieza, cae y muere. Al final los pájaros terminan alrededor del cadáver picoteándolo, cagándolo, sacándole los ojos, etcétera.

Cuando observé las fotos de la película me resultaron impresionantes los cuervos destripando el rostro del actor y las imágenes del campo con árboles secos al fondo, tierra roja. También, fotos de las montañas, de un hombre orinando en dirección a las montañas.

Pero aparte de estas imágenes nunca he podido ver otra cosa de la película. El Alemán se negó repetidas veces a mostrármela, e incluso una vez golpeó a su mujer en una cafetería por contarme fragmentos de ella. Le dijo: Si quieres risita ve a visitar a tu madre... —y la sacó de allí amenazando con darle varias patadas.

No se puede negar que el Alemán era una persona a veces desagradable, a veces dulce. En el mercado estatal de Beijing, entre comerciantes que empujan hacia un lado-otro, chirriaba: «Fíjate en el rostro de los chinos, son los personajes más fotogénicos que conozco. Son como perros. Se puede hacer sólo una película mostrando sus cuerpos, sus maneras de hablar, sus dientes. Si algún día tengo la oportunidad quisiera regresar y filmarlos. Ese documental se llamaría *Historia de mi vida en China*».

En este mismo mercado fue donde compramos la mariantonieta amarilla. Medía como dieciocho centímetros y se le daba cuerda por el lado izquierdo, en la espalda. Representaba a una mujer de mediana edad agachada frente a una guillotina mientras un hombre por detrás halaba una soga y le cortaba la cabeza. La cabeza –de facciones muy bien delineadas, cachetes rojos– se desprendía, y de un bulbo que la autómata tenía encajado bajo el cuello salía sangre.

No hay que decir que rellenábamos este bulbo tres, cuatro veces para ver cómo se tronchaba la cabeza y la sangre –mercurio u otro líquido– brotaba lentamente.

Después de estar días enteros embobecidos con la figurita de la guillotina, al Alemán se le ocurrió que ahí podía estar el verdadero final de su película: el director del reformatorio encerrado en su despacho, los enanos-alumnos dando vueltas alrededor de la habitación, la mano del director acercándose a la mariantonieta amarilla y poniéndola a funcionar.

El final sería precisamente ése: un *close up* al verdugo moviendo la soga mientras la sangre de mariantonieta corre en un hilo hasta los espejuelos del director, forma un charco.

Cuando resolvió este final el Alemán se puso eufórico, gritaba: «es el mejor final que jamás se me ha ocurrido», y se golpeaba con el puño derecho la parte inferior de la mandíbula.

A todas estas aún no había locales ni actores. Lo de la autómata ocurrió al principio de nuestra estancia en la república y cada uno de los lugares que habíamos encontrado o lo habían dejado impasible o los había desechado por una causa u otra.

Sólo al mes de estar buscando el local adecuado dimos con aquella vieja casa en Shuking. Una casa de dos plantas con terraza encima, piso de madera, y un enorme patio donde sucederían la mayoría de las acciones.

Por lo que explicaron la casa había pertenecido a los antiguos dueños de aquellas tierras; después, a la clínica estatal psiquiátrica de Shuking. Clínica que desapareció cuando construyeron una nueva –más grande, con cuartos especiales– y ésta quedó sin uso en medio del campo.

Detrás de la casa había corrales vacíos, una plazoleta mediana para domar caballos y una caseta con cadenas para tranquilizar a los locos...

Según el Alemán, esto era perfecto, ya que los enanos en su afán de destruir todo debían matar a los animales en el mismo lugar donde eran martirizados por el personal del reformatorio.

La única desgracia de la casa era precisamente Shuking. Región donde llueve mucho; a veces, varios días seguidos.

Lo de los animales también fue difícil. Sobre todo cuando los campesinos se enteraron de que en la película debía morir apaleada una vaca (los chinos sienten singular devoción por los animales, especialmente las vacas). No querían venderla. Se negaban. Hubo que traerla escondida de otro pueblo. Una vaca enferma que al parecer le quedaban pocas horas de vida y no estaba registrada en el censo vacuno-ovejero.

Para transportarla hubo que sobornar a un camionero de granjas. Un idiota que no hiciera demasiadas preguntas y llevara hasta la casa donde se iba a realizar la película. Allí, el Alemán la escondió durante dos días, precisamente entre el lugar donde los enanos se sublevan y la cerca de madera que configura los límites del reformatorio.

Por cierto, a ese lugar regresamos tiempo después con uno de los personajes más interesantes que he conocido: el príncipe

Saurau. El Príncipe era amigo del Alemán desde hacía algunos años, y es una de las personas más extrañas que ha paseado por la república.

Caminaba con un bastón rematado en cabeza de águila en una mano y una fox-terrier carmelita en la otra. Cuando le pregunté por el bastón, sentenció: es un regalo del mejor de mis biógrafos austríacos, y comenzó a hablar de la diferencia entre un biógrafo austríaco y «un imbécil de otra nacionalidad». Dijo: «Sólo los austríacos saben lo que es el imperio...» –y se pasaba la lengua por los labios como si la repetición de este gesto fuera a convertir sus palabras en una aguja y pinchar con ellas.

Cuando vio la casa donde el Alemán filmó su «metáfora de los enanos» hizo un mohín de asco, tomó a Kakania en brazos: la fox-terrier carmelita, y afirmó que sólo una raza aplastada podía descubrir belleza en esa casa. «Es un lugar de mal gusto», graznó, «y me parece decadente venir a la república a construir una peliculita que puede ser rodada en cualquier parte».

Después: «La verdadera raza no necesita de lugares especiales»; después (acercándose sigilosamente a la cabeza del Alemán): «Si quieres hacer algo grande intenta observar más allá de tu propio fascismo...» y le acariciaba las orejas a Kakania mientras el Alemán alejaba el rostro, sorbía vino...

Cercana a la casa escogida de Shuking se encuentra la montaña Denhu'a. En mandarín: espacio que separa a una montaña de otra. Famosa por tener en uno de sus descansos el asilo más antiguo de la república: una construcción de madera con techo a dos aguas, leones de piedra a la entrada.

A los viejos los sientan en una hilera larga de sillones y los obligan a mecerse compulsivamente hasta que se retira la visita. A la vuelta, según arriesgó uno de ellos, le dan dos palmaditas en el hombro, los mandan a cumplir diferentes tareas: rastrillar el patio, lavar ropa, cortar árboles, etcétera. Los que se hayan portado bien –que significa no hablar, no hacer cosas extravagantes– los liberan hasta la hora de almuerzo de su «obligación de trabajo».

En realidad, lo más interesante del asilo es una pequeña sala de fotos. Se muestran los castigos a que eran sometidos los viejos «antes de las reformas que han cambiado por suerte la vida de nuestro pueblo», y la dirigencia del asilo, todos con batas verdes/guantes blancos, las señalan con un rictus de satisfacción u orgullo.

Cuando nos vieron interesados en una de las fotos extrajeron de una gaveta un álbum con detalles de la misma y nos la pusieron delante. Dijeron: tortura tortura: *tséntsehú*.

La tortura consistía en una jaula de *madera*bronce suspendida en el aire con dientecitos afilados en el suelo. El supliciado para no morir debía estar siempre en puntas de pie o trepado a las paredes hasta que desfallecía. Cuando no podía más: algunos lograban sobrevivir ochenta horas, los recostaban sobre los dientes y con unos soportes de madera los estiraban progresivamente hasta que se desarticulaban y saltaban en pedazos.

Este proceso gustaba mucho a la antigua dirigencia del asilo. Explicaron que veían en ello una metáfora del «verdadero camino» y, la describían –señalaron un pie de foto– como la porción exacta entre *acción*serenidad que debe acompañar todo acto del ser humano.

Cosa que agradó mucho al Alemán: la manera en que concebía esto la antigua dirigencia, al punto que hizo un boceto del aparato en cuestión y habló de lo interesante que sería construirlo «en alguna de mis próximas películas».

Saurau miraba los detalles con cara de asco, y al montarnos en el chevrolet que habíamos alquilado escupió: «estos chinos son una desgracia…».

Al instante, comenzó a hablar de su vida patéticamente.

Para ser exactos, lo único que no soportábamos del príncipe Saurau era su verborrea. Cuando tomaba vino, siempre tinto y varias copas a la vez, no paraba de hablar. Se convertía en una maquinita para la que todo estaba enfermo, y la historia era el resultado mismo de esa enfermedad. Gritaba: «Mírense, son como periodistas, necesitan defecar constantemente sobre la cabeza de otro».

Él y el Alemán discutían con frecuencia, y a veces terminaban de manera violenta. El Príncipe acusándolo de ser sólo «una cabecita lírica», o estar construyendo «lirismo de autor» («un lirismo que ni siquiera puede comunicarse con la masa...»). El Alemán marchándose rápidamente, tirando la silla contra el piso o graznando: «no eres más que una filósofa de pacotilla...».

Una vez se ofendieron tanto que el Alemán sacó una pistola, única vez que la vi, y le entró a tiros al vaso donde el Príncipe tomaba vino. Acto seguido lanzó la pistola contra la pared y se marchó.

En realidad el príncipe Saurau a veces daba miedo. Se burlaba literalmente de todo, incluso de él mismo, y para referirse a los chinos no los llamaba de manera convencional, sino que les gritaba idiotas, gonorreicos, hijos de mala madre, etcétera.

Hablaba enfáticamente de su amistad con Karl Kraus, y como éste para leer o hablar gesticulaba tanto que parecía un monigote enloquecido que quisiera abofetear a la gente.

Cuando nos sentábamos en el Liliencrof, decía, no podía parar de ridiculizar a los demás. Susurraba que todos teníamos «hociquito de asesino, aunque no lo supiéramos», y señalaba: «La señora de allá, la del vestido amarillo, una asesina en potencia; el que está junto a ella, el escritorzuelo R., otro asesino...». Y así toda la tarde: asesino, asesino... Sabía todos los chismes del imperio y era difícil que se le escapara alguna persona. Hasta el día de su muerte, cuando aquella bicicleta lo arrolló, observó al ciclista y con rostro medio payasesco le dijo: asesino…, intentando atravesarlo con el dedo.

Disfrutaba mucho en invitar amigos a su casa y tomar un *schnaps* con ellos. Los vasos los servía siempre la hija menor de Kraus, una gordita albina que reía con desparpajo mientras el padre después de tres, cuatro tragos se montaba arriba de ella y gritaba arrea… dándole nalgadas.

Recuerdo que un día la albina me invitó a un café y entregó *Die Fackel*, la revista de Kraus. Dijo: Tome –poniendo dos *files* gordos sobre la mesa– no quiero cochinadas de ese hombre en mi casa; y pasó a contarme las humillaciones a las que el padre la sometía.

«Antes de ayer, limpiándose dos lagrimitas encima de la nariz, me obligó a desnudarme completamente y a saltar croando como una rana, como no podía hacerlo me golpeó con un palo y echó de casa. Hasta que no seas una verdadera rana, me gritó, no quiero verte nunca más. Sólo hoy por la madrugada me ha dejado entrar».

Por lo que continuó contando, a Kraus le gustaba introducirle objetos en la vagina durante horas «para que aprendas a vivir como una judía» y le hacía cortaduras pequeñas alrededor del ombligo para ver cómo soltaba sangre…

Pero más allá de todo Kraus era una persona sensible, equilibrada. Podía discutir con cualquiera sin ofenderlo y le gustaba escuchar atentamente lo que razonaban las personas que consideraba inteligentes. Cuando decidía alejarse de alguien, decía: «entre nosotros, se está imponiendo un larguísimo silencio…».

El día que murió, se dirigía al cementerio a ponerle flores a la albina.

Si realizar una película en la república es algo difícil, lo más difícil de todo el «proyecto de los enanos» fue precisamente la búsqueda de enanos.

En China no es como en occidente: los enanos andan sueltos y hacen vida común. En China no. Debido a la proliferación de enanos en la república el estado construye en cada ciudad repartos especiales donde concentra a la mayoría y les prohíbe, salvo permiso especial, abandonar el perímetro de lo que se considera su espacio.

Por lo que me han explicado el veinticinco porciento de la población de la república es enana. De no haber tomado esa medida la cantidad de «mediometros» en la república hubiera sido aún mayor.

En uno de estos repartos: el 12 oeste de Jiayúm, encontramos a los «actores» de la película: veinte enanos sin experiencia alguna de teatro o actuación.

Fue un proceso interesante.

El Alemán les mandaba a realizar diferentes actividades y ellos las hacían bien o no. Por ejemplo: ve hasta el árbol, siéntate, saca del bolsillo un periódico, lee; o, caminas por una calle, reconoces a alguien, te acercas, conversas.

Algunos de los enanos no podían terminar de hacer los ejercicios y rompían en risa todo lo que les habían enviado a hacer. Otros no. Otros lo hacían con tanta naturalidad como si su vida fuera en sí ya una gran película.

De estos enanos había uno sumamente cómico.

Era el más pequeño y poseía una voz gruesa que contrastaba enormemente con su tamaño. Cuando cantaba, y esto constituía una excepción, había que guardar silencio y quedarse escuchándolo.

En realidad con los enanos hay un falso prejuicio. Todos piensan que por su estatura son desvalidos y hay que tenerles lástima. Después de haber convivido con enanos seis meses puedo asegurar lo contrario. Son mezquinos, groseros, idiotas. Les gusta robar constantemente y nunca se sabe qué están pensando, son monitos listos para mentir.

Además, poseen la risa más desagradable del mundo.

En una ocasión sorprendimos a uno de éstos robando en el trailer de la maquillista (lugar donde estaba prohibida su circulación) las pinturas y polvos con los que se preparaban a los actores en la película. Salía con un bolso mediano y gracias a que tropezó e hizo ruido pudieron apresarlo. Cuando fue interrogado y comprendió que no había otra salida, comenzó a reírse de tal manera que casi tenemos que correr para no oír más aquella aserradora-rastrillándonos-la-cabeza.

Y así era con todo.

Había que obligarlos a trabajar porque sólo querían comer, jugar póker entre ellos; o dormir socarronamente por más de doce horas. Apostaban todo lo que tenían y cuando se les terminaba robaban para seguir en el juego.

Por suerte, el Alemán es una de las personas más recias que conozco. Si se negaban a representar los dejaba sin almuerzo volteándoselo en el piso; o los amarraba a un poste en medio del patio y dejaba allí hasta que volvieran al trabajo.

A algunos inclusive los golpeaba con un látigo.

Esto fue exactamente lo que sucedió con el coronel Lung. Lo amarró con una soga de barco que había traído para asegurar baúles, etcétera, y lo martirizaba a cada rato sugiriéndole cambiara de opinión. Le decía: «si no haces esa escena te mato…».

La escena era muy sencilla. Como los enanos se sublevan y a mitad de película toman el reformatorio en protesta por los abusos que el director comete contra ellos, el más cínico de todos declara el desobedecimiento total de la ley. En honor a este cargo que el enano se autoimpone comienzan a matar los animales del reformatorio. Apalean una vaca, retuercen el pescuezo de varias gallinas, castran a un caballo, y a una puerca recién parida el coronel Lung ayudado por otros la penetra.

El coronel Lung se negó. Empezó a gritar que él era un actor y no un cochino-violador-de-puercas, y no podían obligarlo a realizar actos que estaban «en el extremo inverso de sus costumbres».

Como no había manera de entrarlo en razón, el Alemán lo amarró a una silla en la caseta de campaña donde dormía y prohibió que se le diera comida «hasta que no volviera en sí».

Esto duró cuatro días.

El coronel Lung accedió casi desfallecido y se inició nuevamente el rodaje de la película.

Otro de los grandes problemas fue el dinero. Los enanos se negaban a recibir cincuenta centavos diarios y exigían más. Amenazaron con boicotear la película, denunciarla a los periódicos. «Es un abuso», chillaban, «ellos –señalaron al personal técnico– cobran mil dólares al mes y a nosotros sólo nos dan ripios».

De hecho en el periódico local apareció la foto de uno de estos enanos con el dedo en posición de amenaza y el siguiente rótulo: «Sólo quieren escupir sobre nuestros tamaños».

El Alemán tuvo que explicar a los periodistas que en realidad la película poseía muy poco presupuesto y «siempre ha sido de mi interés ya que no puedo pagarles como a actores profesionales, pagarles por lo menos el doble de lo que cobran en sus respectivos oficios, ya que el que más ingresa en la república gana veinte y cinco centavos dólar y aquí es una preocupación común que ganen el doble y así puedan regresar a sus casas con más dinero del que normalmente ganan en otra parte».

En la siguiente edición del periódico los enanos insultaron al Alemán y acusaron de racista económico. Escribieron: «Trata todo lo chino como un objeto chiquitico…».

Cuando el Alemán dijo que no, que no pagaría más, que daba de plazo dos días, que buscaría otros actores… Los enanos hicieron una reunión especial y se reincorporaron a sus papeles. En el mismo periódico declararon: es mejor un enano pobre que un enano muerto.

Sin duda, todos estos problemas lo que hacían era atrasar el trabajo, mal usar el dinero, y aburrir a las personas que intervenían en la película.

Íbamos todas las noches al pueblo más cercano: siete kilómetros, y tomábamos fermento de arroz hasta quedar dormidos o insultarnos mutuamente. Los enanos se sentaban en mesas alejadas y nos miraban de reojo… Al final, terminábamos fumando del mismo cigarro o destruyendo el lugar con sillas-que-volaban-de-un-lado-a-otro y golpetazos estilo Fuller.

De todos los cafés que visitamos el más disfrutable era el Vientecito de París.

Era un lugar típicamente chino, aunque nunca supe por qué se llamaba de esta manera. Estaba adornado con ideogramas en las paredes y fragmentos de paisajes antiguos. Al fondo había tres o cuatro cuartos aislados con cortinas medio sucias donde las *frunchi*, así le decíamos a las prostitutas de Shuking, daban masaje, realizaban danzas campestres o se descoyuntaban en posiciones extrañas.

La que atendía el lugar respondía al sobrenombre de Colita de loto. Era una mujer de aproximadamente cuarenta años, bien conservada, y con una manera muy fina de servir el té. Sonreía con una gracia que he visto en muy pocas personas.

Esta mujer también hacía trabajo de *frunchi*, aunque nunca «durmió» con nadie del personal extranjero. Cuando alguien la requería, se excusaba volteando la cara hacia otro lado y afirmaba: «Sólo me gustan los enanos…».

De hecho, más de una vez la vimos sobre las piernas del coronel Lung.

Cuando meses más tarde regresamos con el príncipe Saurau al café también supimos que aparte de los enanos esta *mademoiselle* prefería a las mujeres.

Como Saurau nunca había visto un espectáculo de tal naturaleza pagamos entre todos un encuentro entre Colita de loto y una de las *frunchi* del establecimiento. Compramos una botella de vino, cigarros, y nos sentamos en butaquitas pequeñas en línea recta con la cama.

Era lo que se podría llamar una pegazón muy refinada.

Colita de loto llegaba y comenzaba a besar por el cuello a la *frunchi* que cerraba los ojos, le acariciaba el pelo y la buscaba con su boca. Como la *frunchi* estaba sentada, Colita de loto se agachaba y después de irle besando poco a poco los senos, la barriga, los muslos, la descalzaba y le lamía el dedo gordo dando vueltas arriba-abajo e introduciéndoselo en la boca. Esto duraba varios minutos hasta que Colita de loto subía de nuevo, alzaba el vestido y comenzaba a mordisquear el clítoris de la *frunchi*.

La *frunchi* se meneaba lentamente, cogía la cabeza de Colita de loto y la empujaba con fuerza hacia dentro dando suspiros intensos.

Gemía: *fuan yhi xho nó ò…*

Colita de loto abría cada vez más las piernas de la muchacha y en un momento determinado una de las ayudantes: dos en total, le alcanzaba un cigarrillo largo y con estudiada[10] maestría echaba

---

[10]   Es costumbre milenaria en la república que los «actos de placer» sean atendidos por una o dos ayudantes, por lo general muchachas de hasta diecisiete años, que se dedican a corregir posiciones o alcanzar utensilios

el humo lentamente en la vagina de la *frunchi*... Al parecer esto le gustaba mucho porque comenzaba a dar griticos agitados y a sobarse los senos.

Acto seguido Colita de loto se tendía sobre la cama y la *frunchi*, hasta ahora pasiva, se colocaba en posición perro detrás de ella y comenzaba a lamerle el ano y restregarse el clítoris contra él. Lo pasaba convulsivamente y si no tuvo dos orgasmos seguidos después de aquel rasparaspa no tuvo orgasmo.

El Príncipe miraba a las dos mujeres con rostro de sobresalto, tenía empotrada a Kakania contra su cuerpo y le tapaba los ojos como cuidándola de no contaminarse. A veces apretaba los labios y abría los ojos en un gesto imposible de describir.

Lo más interesante del espectáculo era el final.

Después de hacer todo lo que hacen dos mujeres: besitos, apretones, caricias con un pene plástico, etcétera, una de las ayudantes aparecía por la puerta con un pequeño recipiente de cristal y la *frunchi*, encima, sobre las piernas de Colita de loto, cogía el goldfish que la ayudante le acercaba y se lo introducía en la vagina (a Colita de loto) mientras la agarraba por los pelos y besaba. Después comenzaba a succionarla hasta que sacaba el pececillo medio muerto y se lo comía.

Por lo que observamos sólo así Colita de loto llegaba al clímax. Se agarraba los pelos en un gesto *histérico*patético y gemía (¡¡ufffff!!), con un resoplido largo.

Según nos contó otra de las *frunchi*, estos espectáculos se ofrecieron con cierta frecuencia hasta que se crearon los repartos especiales y la amante de Colita de loto, una enana de 1.10 de estatura, fue expulsada de Shuking hacia otro pueblo.

---

que realcen el *chi* de los que lo practican. A estas muchachas, desde niñas, les cortan el clítoris para evitar que sientan placer y desatiendan sus deberes.

Esto, susurraba la *frunchi*, dejó desconsolada a *mademoiselle*, que estuvo meses sin ocuparse de sí misma y caminaba por el pueblo riendo «a voz en cuello» o hablando sola sin detenerse en ninguna parte. Si alguien la llamaba por su nombre lanzaba varios golpes, escupía...

La mayor desgracia que tuvimos en filmación fue la muerte de uno de los actores. No tanto por el actor mismo, un enano ladrón que estaba siempre jugando cartas, sino por la intromisión de la policía en nuestros asuntos, la búsqueda de un nuevo actor.

Lo del actor no fue muy difícil. Fuimos a uno de estos «zoológicos especiales» y después de hacerle pruebas a varios: ve hacia allá, ven hacia acá, habla, llora, etcétera, escogimos a uno que parecía el más convincente. Era más o menos del mismo tamaño que el anterior y de casi la misma complexión física.

No hablaba. Se mantenía siempre aparte y era muy reservado. Cuando se le encomendaba algo lo cumplía sin excederse, como si llegado a cierto límite le fuera imposible seguir. Según él mismo confesó lo apodaban Kuon (el matador).

Por las averiguaciones que hice, Kuon había tenido siete años antes una escaramuza con la justicia. Se le acusaba de haber asesinado a su madre y a su hermana, de haberlas picotilleado y escondido por toda la ciudad, de haberlas violado.

El torso de la *shamfa'n* (madre) y la cabeza de la hermana aparecieron en una bolsa de nylon, y gracias a unos biólogos polacos que estaban de operaciones fueron rescatados por la policía en una de las zonas bajas del río.

Por lo que me informaron, de los otros pedazos del cuerpo sólo aparecieron unos dedos en un latón fuera de la ciudad, unas piernas que por la configuración, los huesos, etcétera, se determinó eran de la madre.

Según los peritos, los cuerpos habían sido lasqueados con una cortadora de árboles modelo canadiense, esto se sabe por las estrías, el grosor de las trozaduras, y llevaban más de un mes pudriéndose en el río.

Al realizar el pesquisaje médico encontraron restos de semen en la vagina y el pubis.

La persona que me informó aseguraba estar muy bien enterada; que Kuon había negado todo; que después de estar retenido por varios meses había sido puesto en libertad; y que nunca hubo pruebas suficientes para inculparlo. Desde entonces era un solitario. Huía de todo lo que fuera enanos en conjunto.

Afirmó que este tipo de asesinato era frecuente en la república y sucedía con frecuencia en una región u otra. A estos carniceros –rostro seco, personalidad torcida– el estado los clasifica como «enfermitos del orden».

Cuando el Alemán supo esto se puso eufórico. Señaló que de haberlo sabido antes el Matador hubiera sido el personaje central de su película y debíamos atenderlo con total respeto. En algún momento, dijo, regresaré y lo haré famoso.

Como la policía molestaba constantemente por el asunto del enano muerto el Alemán decidió suspender el rodaje y aclarar el suceso lo antes posible.

El personal se fue a un hotel cercano con piscina, cuartos independientes, y el director de «la enciclopedia», como a veces él mismo también la llamaba, marchó a arreglar el problema con las autoridades.

Explicó más de una vez que el enano: «ese idiota jugador rompelotodo», se había matado al tropezar con unos reflectores, perder el equilibrio, caer...; pero la culpa no era de nadie: «somos inocentes, no hay culpa...», esos reflectores habían estado siempre ahí y el «idiota rompelotodo» había realizado ya varias escenas en el mismo lugar.

La policía no parecía muy satisfecha. Repetía las mismas preguntas de diferentes maneras y alegaba: «¿cómo puede tropezar alguien en un lugar donde siempre ha estado?».

El Alemán reía e intentaba explicar pero no podía. Hacer que un chino entre en lógica es una de las cosas más difíciles del mundo.

Cuando le hicimos este cuento a Saurau se desternilló de risa. Dijo que de seguro había sido el Alemán: «ha nadado últimamente con suerte», y una vez más había escapado «al martillo paranoico de la justicia». Sentenció: No hay que ver sus películas para caer en cuenta que es un asesino.

A lo que el Alemán mostró una sonrisita plana y continuamos tomando…

Una tarde que paseábamos con el Príncipe por el boulevard Hu-i, una de esas tardes plomizas tan frecuentes en la república, vimos una pelea de perros. Un perro grande (*stanford*) con uno chiquito de esos que abundan en cualquier calle. El chiquito tenía atrabancado al grande. No lo soltaba. Los dueños o personas alrededor halaban por las patas traseras al «asesino», lo zarandeaban, le gritaban, pero era como si algo lo hubiera pegado al cuello del grande y no lo dejara huir. El *stanford* giraba hacia todas partes, chillaba –como implorando perdón, pero el chiquito no entendía. Su destino era matar a aquel perro o por lo menos destrozarle el cuello.

Esto nos recordó nuestra propia pelea en la película.

El Alemán había comprado dos perros. Los había entrenado, apaleado, dejado sin comer para cuando estuvieran frente a frente se mataran. Ese era inicialmente el comienzo de la «sublevación de los enanos»: una pelea a muerte entre dos perros cuya única misión era devorarse o sobrevivir.

Cuando los perros se vieron huyeron. Chillaban y no había manera de acercarlos. Mordían a quien los tocara. Uno se escondió horas bajo una mesa hasta que en la noche salió y comenzó a caminar cerca de nosotros.

El Alemán intentó varias veces esta escena hasta que no pudo más, cogió un palo, amarró a uno de ellos, y le dio tantas veces que lo reventó.

Si el director de la película hubiera sido yo, éste habría sido el verdadero comienzo de «los enanos». El Alemán golpeando al boxer hasta quedar de rodillas; el perro echando sangre hasta morir con los huesos destrozados; el Alemán sobre el perro llorando de impotencia…

Este acto de pasión hubiera redondeado para mí lo que el Alemán llamaba «la tesis de mi película».

Al final, el Alemán sustituyó la secuencia de los perros por la de un enano con una hoz inmensa segando hierbas detrás de la casa. El enano cortaba con mucha paciencia, paraba, se secaba el sudor, iba hasta el reformatorio, abría una puerta, entraba…

Recuerdo que el Alemán me apartó y como si fuera un secreto dijo: «todo [refiriéndose a la película] debe girar alrededor de un naturalismo sádico. Como si los personajes para salvarse tuvieran que revelarse contra el mal, ése que todos llevamos dentro, y a la vez no pudieran evitarlo… Se los comiera».

Al realizar mal el enano esta escena, el Alemán lo levantó por el chaleco y gritó: «Compórtate como un demonio, un verdadero demonio…» y lo tiró contra el piso.

Años más tarde, a propósito de una entrevista en el *Kölnische Zeitung* respondió: «Hay demasiada maldad en nosotros para no poner en crisis todo a la vez…»[11].

---

[11] Y aparecía sonriendo, con un tabaco entre los dedos y un grupo de enanos alrededor mirando hacia la cámara.

Una de las cosas curiosas de la película era su banda sonora: una mezcla de risas-gruñidos con musiquita religiosa húngara. Y fue lo más acertado. No había nada más interesante que ver a aquellos personajitos conspirar contra la institución reformatorio bajo la atmósfera *cómico*sacra de los chillidos de los puercos, la música húngara de los siglos XI-XII.

En la escena de la crucifixión, cliché posterior de toda película «contra el orden», los enanos amarran a la puerca recién parida a dos estacas en forma de cruz, le colocan una corona de espinas en la cabeza y escriben La Reina de las P****. Más tarde la fijan en el centro del patio y la queman.

Toda esta escena y la posterior, la de algunos enanos rezando de rodillas frente a la puerca, fue bajo una de las *stabat mater* más conmovedoras que he escuchado. Hasta yo, que no puedo evitar la risa, quedé serio ante el *pathos* del momento y la gravedad que la película lograba.

Este montaje fue definido por la crítica como sin sentido, y en algunos países las comunidades católicas protestaron por la exhibición «del diablo en nuestra propia vitrina». *Cahiers du cinema* habló del «preocupante nazismo de esta generación».

Como Saurau estaba al tanto de todo, señaló que lo mejor era olvidar ese «todo» lo antes posible e ir pensando en una próxima película. «Algo tolerable», dijo, «no esas cositas idiotas que tú haces y ni siquiera un pobre crítico entiende».

«La única solución es regresar al imperio», graznó. «Tantos días aquí hacen que uno se achicharre y ya ni siquiera pueda pensar...».

Cosa que dijo manoteándole al Alemán en la cara y marchándose a su habitación.

Unos días después fue la fiesta de presentación del «proyecto de los enanos» en la república. Los actores se vistieron con trajes blancos, lacitos verdes, e hicieron dulces para el momento.

Como hubo que realizarla en uno de los repartos especiales: el estado no concedió permiso para la salida de los enanos, lo que más abundaba era *xhonniu* (raicillas, alcohol fermentado) y una musiquita extraña hecha por el Conjunto Estatal del Reparto 12 de Jiayúm.

Todo era como en una película burlesca.

Los actores bailaban y se desabrochaban la ropa, mientras los músicos, enanitos de feria, tiraban patadas y daban volteretas realizando un rock esquizo que no había quién lo entendiera.

El Alemán y yo por supuesto nos apartamos. Si los actores son insoportables, los músicos, sobre todo los del reparto 12 de Jiayúm, son peores.

Intentaban imitar a personajes norteamericanos (Elvis Presley, James Dean...) y se peinaban de manera rara: con el pelo levantado hacia delante y mucha brillantina atrás. Montaban coreografías sobre el escenario. Gritaban. Cuando le pregunté a uno de qué manera se puede llegar al baño, respondió: «Don't problem baby», y se me quedó mirando.

—¿?

En medio de toda esta confusión conocimos a Wu Lixfan. Fue presentado por el coronel Lung: «toda bondad y respeto»[12] y afirmó que era uno de los cineastas más preparados de la república. «Nadie como él ha visto a China en su adentro».

Wu Lixfan nos mostró fotos de sus varios documentales y narró cómo había entregado el guión de una película al comité de censura «a ver si se equivocaban y era aprobado. Si no, haré otra cosa, tengo tres guiones más bajo el brazo...»; e hizo una señal de no-hay-por-qué-preocuparse.

Como Wu Lixfan no era exactamente un enano, por lo menos no a la manera que occidente legaliza, lo mirábamos clínicamente

---

[12]   Así lo definió el coronel Lung al agarrarme por el brazo y rogarme que hiciera lo posible para que el Alemán lo escuchara.

e intentábamos despiezarlo para ver cómo era. Tenía el tamaño de un animalito pequeño: unotreintitanto de estatura, con una verruga en la frente y una pierna más corta que la otra. Reía con un desparpajo tal, que el Alemán y yo nos mirábamos para saber si era cierto o habíamos tomado demasiado *xhonniu*. Poseía un tic: chasqueaba la lengua y rastrillaba el rostro cada vez que articulaba algunas palabras.

Si alguien no lo observara bien, cosa que ocurre frecuentemente en China, podría confundirlo con una persona.

Habló abundantemente de sus documentales y de lo que él consideraba tradición/ruptura. Cuando el Alemán le preguntó «qué usted quiere decir con eso», hizo un silencio largo y cambió de tema. Gritó, en la fiesta ya no se podía hacer otra cosa: «Me gustaría contarles de mi adaptación de *Lolita* en la república».

Dijo que la tenía completamente concebida y que estaba seguro iba a ser una obra maestra. «Todo debe ser de cartón –explicó–; los personajes serán enanos con máscaras de Humbert Humbert, la ninfeta; y la casa, el parque, la calle, los bancos, el cielo… de cartón pintado para mostrar el *ih* que hay detrás de las cosas».

«El peso de la película no estará tanto en la historia en sí misma –aquí la lengua le chasqueó–, como en la idea de subversión que desprende una película leída así».

Cuando el Alemán hizo un gesto de retirada, el postenano se levantó de un salto y dijo: «No se vaya. Si no me entendió bien, me gustaría hacer esta película con Ud…» y quedó con una sonrisita estúpida en el rostro.

El Alemán susurró que lo disculpara y que era muy tarde para tomar una decisión de tanta importancia. «Otro día nos vemos, me lo explicas más despacio, y llegamos a un acuerdo…».

Cuando nos alejábamos Wu Lixfan corrió detrás de nosotros y regaló un casete con la música de su último documental aprobado en la república. Una enana mezzosoprano interpretando pasajes de *Aída* y *Rigoletto*.

De más está decir que después de escucharlo y burlarnos varias veces lo botamos. No hay nada peor que una enana intentando devenir cantante, mientras uno sólo quiere vomitar y huir hacia lo que los románticos llamaban El Gran Corazón de Occidente.

Teoría del Alma China (II)

Llegamos a la colonia japonesa un día de mucho frío.

Si después de haber recorrido China alguien pensara que lo ha visto todo: el todo que la república constantemente se encarga de «vender», estaría cayendo en una trampa. La colonia es tan fascinante como la república e igual de complicada. En ella, toda lectura rápida es un error.

La colonia es un hueco. No un hueco mental/ontológico, tal y como se sobreentiende esta palabra en occidente, sino un «hueco»: una jaula hundida y entre montañas; sin aire.

Sus vías de acceso son casi nulas. Los chinos para evitar una invasión han dinamitado las carreteras que conectaban la colonia con antiguas ciudades, y ahora alrededor de ésta sólo hay destrucción: pedazos de puente, fango.

De hecho, ni siquiera hay árboles...

Los pocos que habían han sido talados («esto facilita la vigilancia» farfulló Gran Mongol) y aún se ven a lo lejos antiguos muñones ennegrecidos o triturados a ras de suelo; acción que nos llamó poderosamente la atención por lo difícil y disfuncional que resultaba y nos hizo estar largo rato en silencio. Cuando preguntamos, Gran Mongol sonrió.

Otra de las cosas «cómicas» es el elevador: de madera, con plataforma rústica y tres japoneses abajo halando...

Es utilizado solamente para visitas importantes –dijeron con rostro serio, y está estrictamente controlado por la república: «Sin permiso nadie puede bajar o subir...». Hasta donde averiguamos está prohibido que algún habitante de la colonia penetre en ellos, y posee a pocos metros tres vigilantes que lo observan día y noche. Es la vía más fácil para escapar a la república.

Por ejemplo, el día que llegamos había cuatro heridos: días después comentábamos las hermosas fotos que hubieran salido de uno de ellos con dos tiros en el ojo, y por mucho que intentamos convencer a Gran Mongol de que negociara para que fueran evacuados a algún hospital éste se negó: «Ensucian el suelo del elevador...» fue su única respuesta.

Pero como uno de los vigilantes explicó, esto es lo menos importante. Cuando todo se pone grave: la vida, el aire, las montañas, los japoneses..., la república utiliza un helicóptero especial y envía nuevos refuerzos. Después de cuatro meses, gruñó, todo «emisario de la república» ya se encuentra demasiado cargado para permanecer aquí, e hizo un gesto de «déjenme ver el elevador».

Cosa que nos confundió aún más: sus palabras no el gesto, y nos sumió en una especie de indirección. Nuestras preguntas intentaban averiguar por los japoneses.

Lo primero que asombra de la colonia es su paisaje: un enmarañamiento de construcciones de barro con un edificio de quince pisos en el centro y una estrella gorda encima.

Después, el trazado simétrico de sus calles.

Según una foto antigua, tirada precisamente desde la montaña por donde se encuentra la puerta 1, esta uniformidad fue elaborada cuando a pocos años de gobierno Mao declaró a la colonia «enemiga visceral de toda y la más completa tradición china», mandó al pueblo a echar tierra sobre las montañas que rodean a la colonia: en una semana ascendieron más de 300 metros, y a fundir unos enchapados especiales para evitar que éstas decrecieran de nuevo. Por lo que se ve, las callecitas eran totalmente caóticas y el lugar parecía mucho más pequeño de lo que semeja hoy.

Cuando sacamos una lupa para escudriñar la foto, replicaron: Se reproducen como ratas...

La colonia se ha ensanchado voluminosamente: entre la imagen de la foto y la imagen real apenas hay semejanzas, y por escasez de espacio los japoneses han tenido que ir abriendo huecos en los laterales para de esta manera irse amontonando y sobrevivir.

La policía de colonia vigila con atención estos «huecos»[13] y cada cierto tiempo desaloja a familias enteras y obliga a los japoneses a reponer la tierra. Pero estas operaciones sólo se hacen de cuando en cuando y por lo general no importan a nadie. Un hueco, aseguraron varias mujeres, siempre es lo más fácil de rehacer.

Hablaron de cómo era peor para ellas perder los objetos personales en cada nueva mudanza, y cómo ya no tenían porcelanas ni fotos de sus maridos/hijos muertos.

A lo que Gran Mongol hizo un chasquido fuerte con la boca y se echó a reír. Dijo: «Vamos, aún nos queda toda la belleza de la colonia por delante...».

Asentimos.

EDIFICIO CENTRAL

El edificio central es la cárcel más pintoresca de todo el norte-centro de China. Fue levantada en sólo cinco años gracias al ahorro del diezmo que los japoneses pagan semestralmente a la república, y tiene una estrella giratoria con reflectores nocturnos en el techo.

---

[13] Llamados así por los mismos japoneses para diferenciar la casa que en algún momento construyeron del lugar provisorio adonde constantemente por la guerra u otra razón tienen que mudarse.

Como esta estrella queda a la altura exacta del borde más pequeño de montaña, es uno de los espectáculos que en esta zona vale la pena, con cintas de colores a sus lados y una base movible donde según los reflectores la estrella *aparece*desaparece, da vueltas...; por lo que señalaron, los japoneses viven orgullosos de su monumento y ya han escritos varios libros sobre el significado de esta construcción y su diferencia con patrimonios similares en la zona este del país. Para ellos, en occidente sólo algo así como la Torre de televisión de Berlín tiene una fuerza similar.

Lo que más llama la atención en este edificio es su diseño, en forma de M y con varias terrazas alrededor llenas de flores rojas. Si a un *occidentalis* preguntáramos cuál es la forma perfecta para un presidio con muchas personas dentro, respondería que una donde todos puedan ser mirados y a la vez todos se vigilen entre sí, de manera que desde cualquier parte el recluso sienta encima el martillito de la Ley; pero en la república piensan que esta idea es descarnada –o aberrada, aquí no entendimos bien– y que una población puede sufrir más de esta forma que creándole la ilusión de que son libres o por lo menos poseen privacidad.

Preferimos la forma M, cacarearon. Es mucho más estética...

De hecho, desde la montaña más alta esa M gigante con su estrella de plástico y sus reflectores en movimiento valía por sí misma todo el trabajo que pasamos para llegar aquí.

En la colonia todos los presos son políticos.

No porque como en otros lugares hayan exterminado a una pequeña delincuencia civil: asaltos callejeros, robos y puertas semirrotas, maltratos domésticos..., sino porque no han sido diseñadas leyes contra esto: las autoridades de la república lo asumen como característica del japonés nativo, e incluso cuando es atrapado alguien (por ejemplo; el famoso caso del Raskolnikov de U., que mató a una vieja para robarle la vajilla de porcelana que había conservado de sus antepasados y con un hacha picó su cabeza en tres pedazos...) es juzgado como caso político, alguien que ha desafiado el control-estado y ha incumplido el Código de Moral y Ciudadanía».

Pero dentro de la colonia estos casos pueden considerarse atípicos; y por lo general la población del edificio central pertenece a otras ciudades, condenados entre otras cosas a olvidar-para-siempre-su-lugar-de-origen.

Cuando recorrimos varios paneles de este edificio observamos que las condiciones eran muy buenas, con cubículos medianos e higiénicos, y los inquilinos miraban con un rostro más bien alegre, sin gritarnos cosas o exigir que le avisáramos en tal ciudad a algún amigo o familia. Al contrario, se comportaban de manera tranquila, como el animal que sabe que toda educación para que dé frutos tiene que ser dolorosa.

Dos presos modelos, la población penal tiene varias categorías según su propio comportamiento, nos explicaron las maneras en que funcionaba el proyecto regenerativo «que los volvería a hacer pensar como hombres en sociedad», y los diferentes documentales y charlas sobre realidad china que le daban algunos días a la semana. Cuando preguntamos cuál fue el último que vieron, gritaron: ¡¡Mao es la encarnación de la patria!!

Por supuesto, el personal administrativo empezó a aplaudir.

Otras de las cosas interesantes fueron las salas tecnológicas, con varios equipos de voltaje apretados contra la pared y muchas sillas, camas, mesitas de color blanco, correas, etcétera.

Los mismos presos explicaron cómo en tiempo libre podían ir allí, aún no se habían terminado de construir, y *armar*desarmar equipos e incluso inventar otros. La administración del edificio había comprado lo necesario para que todos pudieran desarrollar su ingenio y hacer lo que en otro lugar nunca podrían. Al interesarnos en las camas: unas al lado de otras y todas junto a los equipos de voltaje, tartamudearon un poco pero aseguraron que tenía que ver con la creatividad: si una persona se agota, ahí puede descansar un poco...

Con lo que el personal administrativo movió de nuevo asertivamente la cabeza y rompió a aplaudir.

Después de darnos un recorrido por los sótanos confeccionaron una ceremonia donde nos entregaron La Llave Dorada Del Edificio, «con la que simbólicamente podrán abrir todas las puertas», y una corona de flores escogida por la presa más antigua del lugar. Es el símbolo del regreso, gritó, para que desmientan todas las calumnias que se levantan sobre nuestra colonia. A lo que aseguramos que haríamos lo posible y tiramos fotos, recogimos información, etcétera.

Ya afuera, junto al director del edificio, vimos cómo muchas manos por las ventanas más altas se asomaban y hacían un gesto inclasificable: el dedo del medio muy estirado y todos los demás alrededor en forma de puño.

Según Gran Mongol, es la manera en la colonia de «gritar» sentimentalmente adiós.

RASKOLNIKOV DE U.

El caso «Raskolnikov de U.» ha sido uno de los más comentados en la colonia.

No sólo porque Raskolnikov, nombrado así entre sus amigos por su afición a la literatura, haya confesado después de nueve meses cómo poco a poco fue comprendiendo la «única solución moderna: matar, matar, matar», dijo en el juicio apretándose la cabeza..., y así hacer un regalo «honorable» a su novia, sino por el hermetismo que mostró después de consumar el acto y lo inencontrable que fue durante meses el arma con el que descorchó a la vieja, exactamente un pequeño cuchillito de pelar papas, y la vajilla de porcelana que sacó de su cuarto.

La madre de Raskolnikov, todos lo sabían, no había sobrevivido al parto y después de pasar toda su infancia entre instituciones e instituciones [Raskolnikov, claro...], «esta pobre señora ahora muerta, residente de U., y reconocida en su comunidad por su voluntad filantrópica, rostro afable» se había hecho cargo de él y lo había alojado en su casa, ofrecido atenciones...

Lo curioso es que este Raskolnikov, a diferencia del personaje de Dostoievski, fue arrastrando en su pulsión de culpa a diferentes personas: la novia, el padre de la novia, la hermanastra de la novia, los primos más pequeños de la novia..., y convenciéndolos de que matar: enfrentarse al hecho puro de la muerte como experiencia política, era más beneficioso que acumular en silencio tensiones por las necesidades constantes de la vida en la colonia.

Cosa que hizo que se fuera levantando poco a poco en diferentes zonas una Hermandad: así llamaban a estas reuniones, e incluso intentaran editar un folletín con textos especialmente escritos para cada edición. Edición que contenía caricaturas de los *hommes* políticos de la república.

El primer y único número de este plegable: aunque se encontraron otros dos semihechos, fue el que puso sobre aviso a la policía, que empezó a atar cabos y fue arrestando poco a poco a todos los implicados hasta llegar a Raskolnikov, que terminó mostrando el lugar donde había enterrado la tetera/tazas de porcelana y el cuchillito sin filo («cosa que explica todos los verdugones en el cuello de la vieja») envuelto en un pañuelo verde con tres manchitas de sangre.

En el juicio, Raskolnikov fue condenado a cadena perpetua en una cárcel fuera de la colonia: la llamada *milla de los internos*, y entre otras cosas fue hallado culpable de «fundar un partido que intentaba desestabilizar a la república y destruir el *fan hí* del pueblo...».

Por lo que aseguraron, aún debe estar pululando por algunas de las cárceles de Shi.

Mercados ambulantes

Los mercados ambulantes son el símbolo del movimiento.

Funcionan sólo un día a la semana y nunca se conoce el lugar donde se van a asentar: una especie de red interna informa a diferentes personas..., ya que la república prohíbe en todo su territorio este tipo de mercado y los disuelve casi siempre con una operación policíaca o la confiscación de todo lo que considera fetiches de venta.

Incluso, con mangueras de agua...

Las carpas bajo las que se refugian estos vendedores son color tierra con flequitos ribeteados en oro y nadie, hicimos la pregunta a varias personas, saben por dónde entran o salen. Constituyen una especie de secreto.

En ellos es donde único se pueden adquirir artículos de primera necesidad: papel higiénico, aceite comestible, especias..., para sólo citar algunos, y donde a veces aparecen objetos censurados incluso en la mayoría de las ciudades chinas o en las cuatro tiendas estatales de la colonia: alfombras persas, estuches decorados con piedrecitas preciosas, retratos con figuras occidentales, etcétera.

Por lo que explicó uno de los pocos *puy'en*[14] amables que encontramos, el idioma de la colonia es una especie de jerigonza extraña:

---

[14] Palabra sin traducción reconocida, aunque así son llamados los vendedores en el dialecto de la colonia.

mitad japonés mitad chino mitad otra cosa, y las negociaciones entre vendedor y usuario se efectúan de manera muy rápida: un gesto, un pequeño reconocimiento y el dinero. Siempre se corre el peligro de que caiga la policía.

Por lo que volvió a gimotear, los japoneses de este lugar son gente muy pacífica, «nunca regatean», y casi siempre aceptan todo lo que el vendedor sugiere. Por eso nos gusta arriesgarnos aquí, sentenció.

Los vendedores tienen rostros muy diferentes entre sí, incluso la forma de cara revela la zona donde han nacido, y entre ellos mismos se gritan, palmotean mucho. Cualquiera no acostumbrado pensaría que viven peleándose.

Sólo una cosa los une: a todos faltan los dos dientes de alante…

Cuando Gran Mongol tradujo nuestra pregunta, el vendedor señaló su encía y dijo que era una especie de «tatuaje político». La república cada vez que nos apresa saca esos dos dientes como castigo, e hizo un gesto amplio como queriendo abarcar la colonia entera.

Habló de su experiencia en el sur: «el sur es una especie de otra república»; y cómo este oficio le ha permitido moverse de un lugar a otro sin apasionarse con ninguno: Si no «boxeas» te cogen, tirando dos pasillitos y sonriendo.

Acción que combinó con la de desmontar rápidamente la tarima y amarrar en unos trapos los relojitos y vasos que estaban en los alrededores de la carpa. «La cuestión es entrar y salir bien —graznó, dando a entender que era la última frase de la tarde—, así nunca te podrán detener…».

A lo que nosotros aseveramos comprendiendo y nos fuimos.

A la noche, en el mismo lugar, no quedaba ni el más mínimo rastro.

Guerra civil

La colonia vive dentro de la guerra civil.

El *Sux Li Phom* informa cómo por esta razón «un lugar como éste...» tiene que estar perennemente vigilado, y cómo los japoneses se matan entre sí devorando sus órganos genitales o lasquean a los muertos en fosas a veces imposibles de encontrar.

Más de una vez ha tenido que incinerarse una mano o un pedazo de pie por nunca hallársele correspondencia con el resto de otros cuerpos.

Según este periódico la guerra no deja estabilizar civilmente a la colonia y reduce toda posibilidad de vida a miedo, sinsentido, superstición.

Diferentes zonas se enfrentan entre sí: la U con la A, la B con la Z, la F con la J, y pactan alianzas que duran varias semanas hasta que alguien, un soldado o ama de casa, viola los acuerdos y estas zonas se tirotean nuevamente, lanzan bombas.

Según el director del periódico –un chino con labio leporino cuyo rostro era en sí una mueca–, estos acuerdos están casi siempre basados en un poder simbólico: si un integrante del bando A canta una canción diferente a la que ha pactado con el J entonces estos bandos devienen enemigos e intentan cazarse entre ellos.

El delirio de esta guerrita está precisamente en el animal escogido, filosofeó el Director del periódico. No porque tengan un fetiche de guerra: Canetti y otros han estudiado cómo todas las mutas necesitan demarcar su territorio con un animal al que estos grupos chupan su energía... –y se quedó con el dedito en el aire–, sino porque el fetiche es siempre el tigre y para diferenciarlo sólo quitan o incrustan una cabeza más.

Zona A: tigre de dos cabezas.
Zona B: tigre de siete cabezas.
Zona F: tigre de cuatro cabezas.

Zona J: tigre de nueve cabezas.

Zona U: tigre sin cabeza, con un puñal negro enterrado y una hilera de gotas de sangre.

Zona Z: tigre de tres cabezas.

Para colmo todas las banderas con tigres son del mismo color; de manera que a veces en algún enfrentamiento hay que detenerse y contar cuántas cabezas tiene la bandera de uno y otro. Siempre se corre el peligro de tirotear a la propia familia.

Los habitantes de cada zona están obligados a pertenecer y a defender-del-otro su propia zona, y cuando los combates son más fuertes no pueden perder tiempo en averiguar quién está delante o debajo. Sencillamente matar.

Ésta es una de las razones por la que siempre los padres, hijos, sobrinos... intentan vivir en comuna: unos muy cerca de otros y con un sistema de vida donde se prohíban las diferencias, o apilándose dentro de un hueco y ahí construyendo sus escaleras/literas colgantes para sobrevivir.

Varias veces la redelimitación de zonas ha sorprendido a todos en distintos lugares y es ley que una vez que estás fuera ya no estás dentro. Tus símbolos, canciones, fetiches a partir de ese momento cambian.

Lo curioso, o idiota..., es que estos bandos no pelean por una ideología determinada: hasta ahora ningún grupo o zona ha intentado levantarse con el poder de la colonia; cosa que sería fatal según Labioleporino ya que significaría la guerra con la república: «todo lo contrario a esta vida relajada que la república en estos lugares proporciona...», sino por un antiguo entretenimiento nipón, el famoso juego del *gongxhiuliú*, y por una nueva delimitación política de las zonas: quien a final de año ostente más territorios es lógicamente más fuerte y respetado. Tiene más poder.

Razón que nos pareció extremadamente compleja y nos hizo permanecer un rato en silencio. Gran Mongol, que incluso siempre procura explicarnos las cosas en detalles, no habló.

Los japoneses son como niños. Cada vez que están peleando intentan devenir tigre de tres, nueve o siete cabezas según la disputa de turno, y no es extraño entonces a mitad de la noche escuchar junto a tiritos aislados diferentes rugidos que según ellos mismos recuerdan al tigre.

Lo que apuntó también el Director del periódico es que este devenir es otra muestra de los atavismos japoneses: «cosa que la república ya no sabe cómo erradicar», y de la irracionalidad que constantemente los gobierna. «Los rugidos nunca deben ser nuevos en sí –dedito nuevamente en el aire– sino intentar ser como el rugido originario, aquel que dio el primer japonés cuando institucionalizó en la vida diaria este juego».

Eso explica que muchos soldados anden con tapones de algodón en los oídos, prosiguió, y a veces arresten a un «habitante» sólo por abrir la boca, hacer muecas. Como no pueden escucharlo piensan que es una contraseña y se lo llevan.

No obstante nadie pudo respondernos de dónde los japoneses sacan las armas, ni cómo-dónde entrenan.

Sólo el periódico oficial conoce los detalles.

Seppuku

De todos los rituales japoneses el único que la república suscribe legalmente es el *seppuku*.

No porque la república esté interesada en exterminar a los japoneses: «esto siempre puede hacerse de otra manera…», sino por la belleza militar de este tipo de ceremonia y la necesidad insular de realizar mes tras mes lo que ellos denominan «acto étnico de pureza».

De hecho, a personas que se han negado a este acto la república misma les ha cortado la cabeza enterrándolos previamente en la arena o encarcelado en otra ciudad, provincia.

Pero esto casi nunca sucede, aclaró Labioleporino. Para los japoneses es un honor ser destinado por el jefe de zona para un *seppuku* público, y por lo que sugirió, muchas veces ellos mismos piden ser el próximo «héroe».

Lo que no permiten son observadores foráneos. Cuando han existido ha sido impuesto por las circunstancias: gesto que refuerza el nacionalismo de la colonia (dos periodistas polacos en colaboración con el servicio ruso, el agente coreano), y esto nunca ha sido satisfactorio. Ha generado más de un problema.

Hasta donde se ha descrito el ritual es el siguiente: varios militares sacan a empellones a un japonés, lo obligan a agacharse sobre un mantel, tomar un brebaje, pedir perdón en voz alta a la república, y encajarse un cuchillo varias veces en el cuerpo.

Después, los mismos militares lo enrollan en una sábana y entierran.

Pero en realidad por lo que concluimos al hablar con varios funcionarios esta información está distorsionada «y no deja traslucir la armonía de los japoneses». El ritual es así: la persona elegida semanas antes por su comunidad tras haber realizado varios actos de purificación y dialogado con sus antepasados camina a la palestra: una tarima visible a metros de distancia con un tapetico blanco, se concentra invocando una serie de frasecillas cortas, toma un té que le ha sido preparado especialmente para la ocasión y encaja un cuchillo...

(«En silencio, con serenidad, con valentía».)

Acto que le garantiza ser enterrado en el cementerio especial donde se encuentran «los que han sucumbido ante el honor de la colonia», y desde allí convivir junto al resto de su familia.

Cuando preguntamos a los japoneses si esto era cierto no desmintieron nuestro relato y señalaron hacia la montaña donde se encuentra el cementerio. Chillaron, «es la montaña de los que caminan más allá del borde que señala la ley…».

Por supuesto, sonreímos.

ARCHIVOS

Los archivos son el depósito sagrado de la colonia.

Desde ellos se observan los diferentes espacios de vida que concentra este lugar, y su función consiste en almacenar datos, *quitar*poner fotos. Si esto no fuera así, comenta Labioleporino, la colonia resultaría aún más insegura de lo que ya es y no existirían esperanzas de encarrilarla. Tendríamos que «operar».

(Palabrita que reforzó pasándose el dedo por el cuello y estirando la lengua…)

La rutina de seguridad, así la llaman, es como sigue: cada persona narra diariamente sus actos cotidianos, ofrece descripciones de lugares visitados el día anterior, «sujetos» con los que sostuvo conversación, fracesillas de interés, etcétera.

Si alguien incumpliera este mandato sería encausado por traición-a-la-verdad y ejecutado sin muchos trámites. «La república no puede permitir la anarquía en su propia barriga…».

Como todo el mundo sabe, la colonia en un gran acto público quemó la mayoría de los libros que narraban la Historia hasta ese momento: «esa espantosa cabeza occidental del espantoso occidente», y a mitad de los sesenta adoptó esta nueva manera de pensarla. Mucho más lenta, es verdad, pero también más exacta, sin margen a errores.

Los japoneses consideran que de esta manera han eliminado al interlocutor, el que interpreta-compara datos fríamente, y así su propia identidad está mucho más protegida, más cerca de la naturaleza o *qi*.

Cosa que resultó evidente cuando en uno de estos lugares nos mostraron el archivo más largo: 87 volúmenes de 400 páginas cada uno confeccionado por un anciano de la zona G.

Como se supone, después de ver aquello aplaudimos profusamente y seguimos. Si una persona había logrado construir un archivo con tantos detalles, lo más seguro es que aún quedara espacio para escribir sobre lo que hasta ese momento nosotros ni siquiera habíamos pensado.

Una de las historias más interesantes que encontramos en estos archivos, apenas existen expedientes abiertos de este caso, fue el de la maquinita japonesa: una máquina para vivir fuera de la experiencia dinero.

Al hombre en cuestión le confiscaron todos los trozos de la máquina, aún no estaba terminada, y los diferentes planos de la misma. También, las cosas que aparentemente le hubieran servido para lograr su propósito: objetos de hierro, papeles, tinta para escrituras, envases plásticos, etcétera.

Por la confesión que se encuentra en uno de los files, el propósito de este hombre era desarrollar este tipo de máquina: que más que una máquina era una «mentalidad», para a posteriori vendérsela a occidente y con ese dinero vivir lo mejor posible dentro de la colonia.

La máquina al principio no funcionará de manera muy rápida, escribe en uno de sus papeles este hombre. «La persona que desee ir saliendo de la experiencia dinero: el dominio que establece éste sobre la complejidad hombre, tiene que someterse a meses y meses de terapia según los años-conflictos de esa persona y estar dispuesto a abandonarlo todo. Esta terapia no dará resultado con personas que no estén dispuestas a "destripar" sus afectos».

«El asunto tendrá forma de caja con varios huecos: pies, brazos, cabeza, y tendrá una serie de embudos por donde irán saliendo las experiencias que ligan al «paciente» con el *deus* monetario».

«Las primeras pruebas que he hecho con el aparato, garrapatea, han dado muy buenos resultados. Mi hijo mayor ha olvidado por completo las transacciones que tuvo que hacer la semana pasada para comprar una alfombra: transacciones de corte duro, con un vendedor chiquitico y de frente ancha; y hoy después de la "cura" sólo me habló de la belleza estética del producto y lo bueno que había sido para la familia un regalo así».

«Si esto continúa, apuntó un poco más abajo, en menos de un año la máquina podrá hacer vivir a plena capacidad».

Otro de los datos que aparecen en el expediente es que este hombre oficiaba como químico en la cárcel central: había sido una persona de confianza durante mucho tiempo, e incluso se hablaba de él como futuro jefe de la sección Investigaciones.

Por lo que se consigna, nadie notó una conducta extraña o evasiva durante el tiempo en que se comprobó que este hombre se dedicaba a clavetear su máquina («jamás llegó un minuto después de la hora de comienzo» –comenta uno de los entrevistados), y sólo gracias a su hijo mayor la policía de colonia inició secretamente una investigación: la mayor que se había hecho alguna vez en esta zona, y fue arrestado.

Este hombre murió en un accidente de montaña al ser trasladado a una cárcel fuera de la colonia.

Otra de las historias extraordinarias y de la que apenas existe información es la del tren subterráneo.

No un tren en las cercanías de la colonia, como es usual precisamente en casi todos los mapas de transporte que se diseñan en la república. Sino uno que sólo diera la vuelta: la colonia completa puede caminarse en aproximadamente una hora, y ostentara una sola entrada-salida, un ojo tecnológico por donde pudiera observarse de una vez a todo el mundo.

Para esto diseñarían una pizarra especial con bombillitos de diferentes colores que iría mostrando a los transeúntes qué zona recorre el tren en ese momento, y vistas de esa zona desde diferentes ángulos. Incluso serían intercaladas entrevistas a sus habitantes y se mostraría la manera en que viven, duermen, conversan, echan agua a las plantas, etcétera.

Esta pizarra tendría dos conexiones.

Una encima, en varios lugares de la colonia, donde se ofrecería información continua del tren y las reacciones de la gente que en ese momento se encuentren en él; otra debajo, más sofisticada, en el lugar que comúnmente ocupan las ventanillas. Allí es donde los habitantes de la colonia podrían ver las zonas-de-vida filmadas con varias cámaras especiales y las entrevistas.

Este proyecto fue abortado cuando se supo que este-reconocido-ingeniero también se dedicaba a vender baratijas en los mercados ambulantes y había sido atrapado sin permiso fuera de la colonia.

No se consigna que sucedió con él.

Temblores de tierra

En determinado momento alguien aseguró que la colonia iba a quedar sepultada por una serie de movimientos telúricos que irían rajando las montañas y lo único que alertaría o pondría sobre aviso a los habitantes de este lugar sería la flor de *pe-shu*.

Flor que todos debían amarrarse en los ojales de las camisas, así iban a estar prevenidos en cualquier zona que se encontrasen, y en diferentes pozuelos y macetas dentro de las casas.

Se sabría de la inminencia de esta catástrofe porque la *pe-shu* abriría y cerraría sus pétalos tres veces sin interrupciones y acto seguido cambiaría de color.

Se citaba un centro de investigaciones en Austria que llevaba años dedicado al asunto, e incluso se mostraron fotos en periódicos de una visita de científicos de este país a la república.

El contrabando con esta flor se hizo muy intenso, hay que tomar en cuenta que es una planta que apenas crece en el territorio donde está enclavada la colonia, y en menos de un mes aparecieron sembradíos y extensiones de ella en varios lugares de ésta.

Incluso, una familia completa fue tasajeada por un vecino para utilizar su casa en el cultivo de la planta.

Otros hablaron de la infusión de *pe-shu* como una droga comparada al peyote, y se crearon bares subterráneos donde se ofrecía esta infusión u otras cosas: artesanías, ramitas secas dentro de un nylon, esculturillas de arcilla…

La república eliminó este delirio quemando todos los lugares donde se habían organizado grandes sembradíos y encarcelando a más de seiscientas personas que habían tenido que ver directamente con lo que las autoridades llamaron «opio falso de la natura».

En recompensa, la república ofreció gratis pequeñas macetas de cactus y eucaliptos.

Aún no sabemos si esta medida fue aceptada o no.

CARRETERAS

En la colonia no hay carreteras.

Las calles son rayas negruzcas de fango que los japoneses endurecen con cal —«así se evita el mal olor» gritó en algún momento Labioleporino– y en las inmediaciones apenas existe conexión con la república. Sólo un camino, lluvia y pedacitos de troncos.

Tampoco rampas…

Este camino, que llamamos así para nombrarlo de alguna manera, sube constantemente por el filo inclinado de varias montañas y más de una vez se vuelve demasiado estrecho. Si en ese momento hubiera venido un camión del otro lado, uno de los dos hubiéramos tenido que tirarnos en el desfiladero.

Como al principio explicamos, la república ha destrozado las antiguas vías que conectaban la colonia con las ciudades más cercanas y allí donde había un río o cafetería ahora queda nada: incomunicación, fango y mandíbulas de animales muertos.

De ahí que la república todas sus transacciones las efectúe siempre con helicópteros («tienen la flota más extensa de todo el norte de China»), y los japoneses con el tiempo hayan inventado una palabra para designar a los que deciden regresar de esta manera: *yuyeen*, que significa «hombre que ha decidido patinar sobre su alma».

Y tienen razón, después de *subir*bajar varias veces por esas montañas y de ni siquiera tener ya acetatos para realizar fotos, sólo teníamos deseos de que nuestro auto explotara y de una vez cesara todo.

Si alguna vez habíamos tenido alma, en ese instante, la habíamos perdido.

Lo único interesante que encontramos dos o tres días después de haber dejado atrás este infierno fue el torreón Yu Hoo. Llamado así por su antiguo propietario, un ex militar asociado a varios asesinatos, y las ruinas que sobrevivían alrededor de este antiguo patrimonio.

Por lo que tradujo Gran Mongol, este hombre murió a principios de «nuestro gran cambio social» y de su familia tampoco se sabía mucho. Casi toda había desaparecido junto con él.

El torreón como tal pertenecía a una fortaleza ya inexistente, y poseía tres pisos de aproximadamente cincuenta metros cuadrados cada uno con escalera circular en el centro.

Para subir, era necesario arrastrarse.

En el primer piso estaban amontonados los muebles, vitrinas sin cristales y marcos vacíos; gaveteros.

Las sillas, las mesas, todo, estaba tirado de manera bastante inusual, y había varios tótems de muebles encajados hasta el mismo techo.

En el segundo: vajillas, tazas, tacitas, bandejas con agarraderas bronceadas y sin agarraderas, teteras grandes, pequeñas, servilletas bordadas con pajaritos, árboles... También otro juego de marcos vacíos contra la ventana y cristales de diferentes colores extraídos de las antiguos restos de la casa.

En el tercero: vacío.

Por el impreso que nos entregó el velador cuando llegamos, un plegable de cuatro páginas donde se condensaba en mandarín e inglés la historia de la zona y la ubicación geográfica del torreón, ese lugar había estado siempre sin muebles. Era el piso que el antiguo dueño utilizaba para mirar. Allí se paraba y permanecía en vigilia.

Lo mejor de este torreón no eran sus posesiones, aunque al ser antiguas tenían un valor incalculable; tampoco su geografía: Maki comentó que había visto en la república «paisajes con más *ih*», sino su concepto de museo, donde lo expuesto no responde a la reproducción de espacios de vida: ese simulacro inútil que por lo general archivan los museos en occidente, sino al amontonamiento y al ajuste de cuentas que hizo la historia con este hombre, al orden precario con que había sido recolocado todo, al desprecio...

A su vez, a la imposibilidad de otra cosa.

De más está decir que en el lugar y entre mueble y mueble no se acumulaba la más mínima partícula de polvo. El torreón había sido limpiado tan quisquillosamente que ya permanecer en él era un insulto; y todo funcionaba en armonía con el lugar donde estaba ubicado. En otra parte, hubiera sido imposible tal efecto.

Después de esta visita manejamos más relajados y Gran Mongol cantó algunas de sus canciones preferidas en inglés. Sólo una ciudad faltaba: Beijing.

Allí todo regresó a la normalidad, si es posible aun hablar de normalidad en la república, e hicimos fotos sobre ese «otro límite de percepción» que constituye Beijing y su vida cotidiana. Aunque para ser sinceros, estábamos muy agotados. Mientras más excavábamos más profundo «ese límite» se ponía. Así que decidimos salir de China: los japoneses, Labioleporino, las historias de la guerra… y descansar en alguna playa por algún tiempo. Como escribían los antiguos filósofos: «Por mucho que un hombre camine nunca podrá llegar a ver el final del bosque».

Y esto es cierto.

Muy cierto.

www.ingramcontent.com/pod-product-compliance
Lightning Source LLC
Chambersburg PA
CBHW020025030726
47499CB00007B/2282